Carlos Ruiz Zafón

La Ciudad de Vapor

Carlos Ruiz Zafón (Barcelona, 1964 - Los Ángeles, 2020) es uno de los autores más reconocidos de la literatura internacional de nuestros días y el escritor español más leído en todo el mundo después de Cervantes. Sus obras han sido traducidas a más de cincuenta idiomas. En 1993 se da a conocer con *El Príncipe de la Niebla* que, junto a *El Palacio de la Medianoche* y *Las Luces de Septiembre,* conforman *La Trilogía de la Niebla.* En 1999 llega *Marina.* En 2001 publica *La Sombra del Viento,* la primera novela de la saga de *El Cementerio de los Libros Olvidados,* que incluye *El Juego del Ángel, El Prisionero del Cielo* y *El Laberinto de los Espíritus,* un universo literario que se ha convertido en uno de los grandes fenómenos de las letras contemporáneas en los cinco continentes.

TAMBIÉN DE CARLOS RUIZ ZAFÓN

La Sombra del Viento

El Juego del Ángel

El Prisionero del Cielo

El Laberinto de los Espíritus

Rosa de fuego

Marina

La Ciudad de Vapor

Carlos Ruiz Zafón

La Ciudad de Vapor

Todos los cuentos

VINTAGE ESPAÑOL
Una división de Penguin Random House LLC
Nueva York

PRIMERA EDICIÓN VINTAGE ESPAÑOL, DICIEMBRE 2020

Ilustraciones del interior:
Pág. 14, Portal de la Paz, Barcelona, finales de los años 40, © Martí Gasull i Coral
Pág. 46, Plaça Sant Augustí Vell, © Otto Lloyd, Colección particular, cortesía de S. Martínez
Pág. 140, Mapa de Barcelona a finales del siglo XVI, © Àlvar Salom
Pág. 148, La Vía Layetana a la altura de Junqueras y Condal. Barcelona, c. 1953
© Fons Fotogràfic F. Català-Roca - Arxiu Històric del COAC
Pág. 186, Anteproyecto de edificio Hotel Atracción para Manhattan (1952), Juan Matamala Flotats, © Càtedra Gaudí. Escola Tècnica Superior d'Arquitectura de Barcelona. Universitat Politècnica de Catalunya
Pág. 219, la ilustración del colofón está inspirada en el dragón de la puerta de la Casa Güell, obra de Antoni Gaudí (Pedralbes, Barcelona)

Información de catalogación de publicaciones disponible en la Biblioteca del Congreso de los Estados Unidos.

Vintage Español ISBN en tapa blanda: 978-0-593-31437-1
eBook ISBN: 978-0-593-31438-8

Para venta exclusiva en EE.UU., Canadá, Puerto Rico y Filipinas.

www.vintageespanol.com

Impreso en México - *Printed in Mexico*

10 9 8 7 6 5 4 3 2

Al poco, figuras de vapor, padre e hijo se confunden entre el gentío de las Ramblas, sus pasos perdidos para siempre en la sombra del viento.

La Sombra del Viento

NOTA DEL EDITOR

Tras completar la obra de su vida, *El Cementerio de los Libros Olvidados*, con la publicación en noviembre de 2016 de la última novela del cuarteto, *El Laberinto de los Espíritus*, Carlos Ruiz Zafón planeaba que lo siguiente sería reunir sus cuentos en un volumen. Se trataba de poner a disposición de los lectores tanto aquellos relatos que había publicado en formatos diversos, ya fuera en publicaciones periódicas o en separatas que acompañaron ediciones especiales de las novelas, como otros que permanecían inéditos.

A tal fin, confió a este editor los cuentos que aquí verán la luz por vez primera, y le hizo el encargo de recuperar las piezas ya publicadas a lo largo del tiempo para preparar un volumen que no debería ser la mera recopilación de todos sus cuentos. Sin embargo, primero por la cercanía de la publicación del colofón de la tetralogía y luego a causa de la enfermedad del autor, era aconsejable postergar la edición.

Carlos Ruiz Zafón concebía esta obra, amén de su entidad propia, como un reconocimiento a sus lectores, que le habían seguido a lo largo de la saga iniciada con *La Sombra del Viento.* Hoy, debido al carácter póstumo bajo el que se publica, se convierte así mismo en un homenaje de su casa editorial al propio autor, un reconocimiento al que, a buen seguro, se sumarán los lectores de uno de los escritores más admirados de nuestro tiempo.

La Ciudad de Vapor es una ampliación del mundo literario del Cementerio de los Libros Olvidados. Ya sea por el desarrollo de aspectos desconocidos de algún personaje, ya sea por la profundización en la historia de la construcción de la mítica biblioteca, ya sea porque la temática, los motivos o la atmósfera que envuelve estos relatos resultarán familiares a los lectores de la saga. Escritores malditos, arquitectos visionarios, identidades suplantadas, edificios fantasmagóricos, una plasticidad descriptiva irresistible, la maestría en el diálogo... y sobre todo la promesa de que el relato, el cuento, el mismo hecho de narrar nos llevan a un territorio nuevo y fascinante.

Desde *Blanca y el adiós,* el cuento que inaugura el libro, hasta *Apocalipsis en dos minutos,* a modo de despedida, las historias se van entrelazando a través de la voz narrativa, la cronología o los detalles, para dibujarnos un mundo que se erige pletórico ante nuestros ojos, por más que sea un mundo de ficción, un universo de vapor.

También en cuanto a los géneros literarios, *La Ciudad de Vapor* da muestra de la habilidad con la que Carlos Ruiz Zafón se sirvió de ellos para constituir una literatura propia e inconfundible, en la que identificamos elementos de la novela de aprendizaje, de la histórica, de la gótica, del *thriller*, de la romántica, sin que falte su toque magistral en el relato dentro del relato.

Pero no te entretenemos más, querido lector. Quizá huelgan las explicaciones sobre el grado de valor y reconocimiento alcanzado por la obra de un autor, cuando ese autor ha dado lugar a un adjetivo: cervantino, dickensiano, borgiano... Bienvenido a un nuevo libro —desgraciadamente el último— zafoniano.

Émile de Rosiers Castellaine

ÍNDICE

—

BLANCA Y EL ADIÓS

—

(De las memorias nunca acontecidas de un tal David Martín)

1

Siempre he envidiado la capacidad de olvidar que tienen algunas personas para las cuales el pasado es como una muda de temporada o unos zapatos viejos a los que basta condenar al fondo de un armario para que sean incapaces de rehacer los pasos perdidos. Yo tuve la desgracia de recordarlo todo y de que todo, a su vez, me recordase a mí. Recuerdo una primera infancia de frío y soledad, de instantes muertos contemplando el gris de los días y aquel espejo negro que embrujaba la mirada de mi padre. Apenas conservo la memoria de amigo alguno. Puedo conjurar rostros de chiquillos del barrio de la Ribera con los que a veces jugaba o peleaba en la calle, pero ninguno que quisiera rescatar del país de la indiferencia. Ninguno excepto el de Blanca.

Blanca tenía un par de años más que yo. La conocí un día de abril frente al portal de mi casa cuando iba de la mano de una criada que había acudido a recoger unos libros en una pequeña librería de anticuario que quedaba frente al auditorio en obras. Quiso el destino que la librería no abriese aquel día hasta las doce del mediodía y que la doncella acudiese a las once y media, dejando una laguna de espera de treinta minutos en los que, sin sospecharlo yo, iba a quedar sellado mi destino. De haber sido por mí nunca me habría atrevido a cruzar una palabra con ella. Su atuendo, su olor y su ademán patricio de niña rica blindada de sedas y tules no dejaban duda alguna de que aquella criatura no pertenecía a mi mundo, y yo aún menos al suyo. Nos separaban apenas metros de calle y leguas de leyes invisibles. Me limité a contemplarla como se admiran los objetos consagrados en una vitrina o en el escaparate de uno de esos bazares cuyas puertas parecen abiertas, pero que uno sabe que nunca cruzará en la vida. A menudo he pensado que, de no ser por la firme disposición que tenía mi padre respecto a mi aseo personal, Blanca nunca hubiese reparado en mí. Mi padre era de la opinión de que había visto suficiente roña en la guerra como para llenar nueve vidas y, aunque éramos más pobres que un ratón de biblioteca, me había enseñado de muy pequeño a familiarizarme con el agua helada que brotaba, cuando quería, del grifo del lavadero y a aquellas pastillas de jabón que olían a lejía y arrancaban hasta los remordimientos. Fue así como, a sus ocho años recién cumplidos, un servidor, David Martín, aseado pelagatos y futuro aspirante a literato de tercera fila, consiguió reunir la entereza de espíritu para no desviar la mirada cuando aquella muñeca de buena familia posó sus ojos en mí y sonrió tímidamente. Mi padre siempre me había dicho que en la vida a la gente había que corresponderle con la misma moneda con que le pagaban a uno. Él se refería a bofetadas y demás desplantes, pero yo decidí seguir sus enseñanzas y corresponder a aquella sonrisa y, de propina, añadir un leve asentimiento. Fue ella la que se aproximó despacio y, mirándome de arriba abajo, me tendió la mano, un gesto que nunca nadie me había ofrecido, y me dijo:

—Me llamo Blanca.

Blanca tendía la mano como las señoritas en las comedias de salón, palma abajo y con la languidez de una damisela parisina. No caí en la cuenta de que lo adecuado era inclinarme y rozarla con los labios, y al rato Blanca retiró la mano y enarcó una ceja.

—Yo soy David.

—¿Eres siempre tan mal educado?

Andaba yo trabajando en una salida retórica con la que compensar mi condición de palurdo plebeyo con un alarde de ingenio y chispa que salvase mi perfil cuando la doncella se aproximó con aire de consternación y me miró como se mira a un perro rabioso que anda suelto por la calle. La doncella era una mujer joven de semblante severo y ojos negros y profundos que no me guardaban simpatía alguna. Tomó a Blanca del brazo y la retiró de mi alcance.

—¿Con quién habla usted, señorita Blanca? Ya sabe que a su padre no le gusta que hable usted con extraños.

—No es un extraño, Antonia. Este es mi amigo David. Mi padre le conoce.

Me quedé petrificado mientras la doncella me observaba de reojo.

—¿David qué?

—David Martín, señora. Para servirla a usted.

—A Antonia no la sirve nadie, David. Es ella la que nos sirve a nosotros. ¿Verdad, Antonia?

Fue apenas un instante, un gesto que nadie hubiera advertido excepto yo, que la estaba mirando atentamente. Antonia lanzó una ojeada breve y oscura a Blanca, una mirada envenenada de odio que me heló la sangre, antes de encubrirla con una sonrisa resignada y de sacudir la cabeza quitándole importancia al asunto.

—Críos —masculló por lo bajo, retirándose de regreso a la librería, que ya estaba abriendo sus puertas.

Blanca hizo entonces ademán de sentarse en el peldaño del portal. Incluso un pardillo como yo sabía que aquel vestido no podía entrar en contacto con los materiales innobles y recubiertos de carbonilla con que estaba construido mi hogar. Me quité el chaquetón remendado de parches que llevaba y lo extendí en el suelo a modo de alfombrilla. Blanca se sentó sobre la mejor de mis prendas y suspiró, contemplando la calle y a las gentes pasar. Antonia no nos quitaba el ojo de encima desde la puerta de la librería, y yo hacía como que no me daba cuenta.

—¿Vives aquí? —preguntó Blanca.

Señalé a la finca contigua, asintiendo.

—¿Y tú?

Blanca me miró como si aquella fuese la pregunta más estúpida que hubiese oído en su corta vida.

—Claro que no.

—¿No te gusta el barrio?

—Huele mal, es oscuro, hace frío y la gente es fea y hace ruido.

Nunca se me había ocurrido resumir el que era mi mundo conocido de tal modo, pero no encontré argumentos sólidos con que contradecirla.

—¿Y por qué vienes aquí?

—Mi padre tiene una casa cerca del mercado del Born. Antonia me trae a visitarle casi todos los días.

—¿Y dónde vives tú?

—En Sarriá, con mi madre.

Incluso un infeliz como yo había oído hablar de aquel lugar, pero lo cierto es que nunca había estado allí. Lo imaginaba como una ciudadela de grandes caserones y avenidas de tilos, lujosos carruajes y frondosos jardines, un mundo poblado de gentes como aquella niña, pero más altos. Sin duda el suyo era un mundo perfumado, luminoso, de brisa fresca y ciudadanos bien parecidos y silenciosos.

—¿Y cómo es que tu padre vive aquí y no con vosotras?

Blanca se encogió de hombros, apartando la mirada. El tema parecía incomodarla y preferí no insistir.

—Es solo durante una temporada —añadió—. Pronto volverá a casa.

—Claro —dije, sin saber muy bien de qué estábamos hablando, pero adoptando ese tono de conmiseración de quien ya nace derrotado y tiene la mano rota para recomendar resignación.

—La Ribera no está tan mal, ya lo verás. Te acostumbrarás.

—No me quiero acostumbrar. No me gusta este barrio, ni la casa que ha comprado mi padre. No tengo amigos aquí.

Tragué saliva.

—Yo puedo ser tu amigo, si quieres.

—¿Y quién eres tú?

—David Martín.

—Eso ya lo has dicho antes.

—Supongo que soy alguien que tampoco tiene amigos.

Blanca se volvió y me miró con una mezcla de curiosidad y reserva.

—No me gusta jugar al escondite ni a la pelota —advirtió.

—A mí tampoco.

Blanca sonrió y me volvió a tender la mano. Esta vez hice mi mejor esfuerzo por besarla.

—¿Te gustan los cuentos? —preguntó.

—Es lo que más me gusta en el mundo.

—Sé algunos que muy poca gente conoce —dijo—. Mi padre los escribe para mí.

—Yo también escribo cuentos. Bueno, me los invento y me los aprendo de memoria.

Blanca frunció el ceño.

—A ver. Cuéntame uno.

—¿Ahora?

Blanca asintió, desafiante.

—Espero que no sea de princesitas —amenazó—. Odio las princesitas.

—Bueno, sale una princesa... pero es muy mala.

Se le iluminó el rostro.

—¿Cómo de mala?

2

Aquella mañana Blanca se convirtió en mi primera lectora, mi primera audiencia. Le conté como mejor pude mi relato de princesas y brujos, de maleficios y besos envenenados en un universo de hechizos y palacios vivientes que reptaban por los páramos de un mundo de tinieblas como bestias infernales. Al término de la narración, cuando la heroína se hundía en las aguas heladas de un lago negro con una rosa maldita en las manos, Blanca fijó para siempre el rumbo de mi vida al derramar una lágrima y murmurar, emocionada y desprendida de aquel barniz de señorita de buena casa, que mi historia le había parecido preciosa. Habría dado la vida porque aquel instante no se hubiera desvanecido jamás. La sombra de Antonia extendiéndose a nuestros pies me devolvió a la prosaica realidad.

—Nos vamos ya, señorita Blanca, que a su padre no le gusta que lleguemos tarde a comer.

La doncella la arrebató de mi lado y se la llevó calle abajo, pero yo le sostuve la mirada hasta que su silueta se perdió y la vi saludarme con la mano. Recogí mi chaqueta y me la enfundé de nuevo, sintiendo el calor y el olor de Blanca sobre mí. Sonreí para mis adentros y, aunque solo fuese por unos segundos, comprendí que por primera vez en mi vida era feliz y que, ahora que había probado el sabor de aquel veneno, mi existencia nunca volvería a ser igual.

Aquella noche mi padre, mientras cenábamos pan y sopa, me miró con severidad.

—Te veo diferente. ¿Ha pasado algo?

—No, padre.

Me acosté pronto, huyendo del humor turbio que traía mi padre. Me tendí a oscuras en el lecho pensando en Blanca, en las historias que deseaba inventar para ella, y me di cuenta de que no sabía dónde vivía ni cuándo, si acaso, iba a volver a verla.

Pasé los días siguientes buscando a Blanca. Tras el almuerzo, tan pronto mi padre caía dormido o cerraba la puerta de su dormitorio y se entregaba a su particular olvido, yo salía y me dirigía hacia la parte baja del barrio para recorrer los callejones estrechos y oscuros que rodeaban el paseo del Born con la esperanza de encontrarme a Blanca o a su siniestra doncella. Llegué a aprenderme de memoria cada recoveco y cada sombra de aquel laberinto de calles cuyos muros parecían converger unos contra otros para cerrarse en un entramado de túneles. Las viejas rutas de los gremios medievales trazaban una retícula de corredores que partían de la basílica de Santa María del Mar y se entrelazaban en un nudo de pasajes, arcos y curvas imposibles en los que la luz del sol apenas penetraba unos minutos al día. Gárgolas y relieves marcaban los cruces entre antiguos palacios en ruinas y edificios que crecían unos sobre otros como rocas en un acantilado de ventanas y torres. Al atardecer, exhausto, regresaba a casa justo cuando mi padre acababa de despertarse.

Al sexto día, cuando empezaba a creer que había soñado mi encuentro, enfilé la calle de los Mirallers hacia la puerta lateral de Santa María del Mar. Una neblina espesa había descendido sobre la ciudad y se arrastraba por las calles como un velo blanquecino. El pórtico de la iglesia estaba abierto. Fue allí donde vi, recortadas sobre la entrada al templo, la silueta de una mujer y una niña vestidas de blanco que, un segundo después, la niebla envolvió en su abrazo. Corrí hacia el lugar y entré en la basílica. La corriente de aire arrastraba la niebla al interior del edificio y un manto fantasmal de vapor flotaba sobre las filas de bancos de la nave central prendido de la lumbre de las velas. Reconocí a Antonia, la doncella, arrodillada en uno de los confesionarios con gesto de contrición y súplica. No me cabía duda de que la confesión de aquella arpía debía de tener el tono y consistencia del alquitrán. Blanca estaba esperando sentada en uno de los bancos con las piernas colgando y la mirada perdida en el altar. Me aproximé al extremo del banco y ella se giró. Al verme se le iluminó el rostro y sonrió, haciéndome olvidar de golpe los días interminables de miseria que había pasado intentando encontrarla. Me senté a su lado.

—¿Qué haces aquí? —preguntó.

—Venía a misa —improvisé.

—No es hora de misa —rio.

No tenía ganas de mentirle y bajé la mirada. No hizo falta que le dijese nada.

—Yo también te he echado de menos —dijo—. Pensaba que te habrías olvidado de mí.

Negué. La atmósfera de nieblas y susurros me armó de valor y decidí soltarle una de aquellas declaraciones que había confeccionado para uno de mis cuentos de magia y heroísmo.

—Yo nunca me podría olvidar de ti —dije.

Eran palabras que hubieran resultado huecas y ridículas, menos en voz de un chaval de ocho años que tal vez no sabía lo que decía, pero lo sentía. Blanca me miró a los ojos con una rara tristeza que no pertenecía a la mirada de una niña, y me apretó la mano con fuerza.

—Prométeme que no te olvidarás nunca de mí.

La doncella, Antonia, aparentemente libre ya de pecado y lista para reincidir, nos contemplaba con inquina desde la entrada a la fila de bancos.

—¿Señorita Blanca?

Blanca no apartó la mirada de mí.

—Prométemelo.

—Te lo prometo.

Una vez más la doncella se llevó a mi única amiga. Las vi alejarse por el pasillo central de la basílica y desaparecer por la puerta posterior que daba al paseo del Born. Esta vez, sin embargo, una punta de malicia impregnó mi melancolía. Algo me decía que la doncella era mujer de conciencia frágil y que debía pasar por el confesionario a purgar sus faltas con asiduidad. Las campanas del templo señalaron las cuatro de la tarde y el germen de un plan empezó a formarse en mi mente.

A partir de aquel día, cada tarde a las cuatro menos cuarto me presentaba en la iglesia de Santa María del Mar y me sentaba en uno de los bancos próximos a los confesionarios. No habían pasado un par de días cuando las vi aparecer de nuevo. Esperé a que la doncella se arrodillase frente al confesionario y me aproximé hasta Blanca.

—Cada dos días, a las cuatro —me indicó con un susurro.

Sin perder un instante, la tomé de la mano y me la llevé de paseo por la basílica. Había preparado un cuento para ella que sucedía precisamente allí, entre las columnas y capillas del templo, con un duelo final entre un espíritu maléfico forjado de cenizas y sangre y un heroico caballero, que tenía lugar en la cripta que quedaba bajo el altar. Aquella sería la primera entrega en un serial de aventuras, de espantos y romances de alta precisión que inventé para Blanca con el título de *Los Espectros de la Catedral* y que en mi inmensa vanidad de autor novicio me parecían poco menos que canela fina. Terminé la primera entrega justo a tiempo para regresar al confesionario y encontrarnos con la doncella, que esta vez no me vio porque me escondí tras una columna. Durante un par de semanas Blanca y yo nos encontramos cada dos días allí. Compartíamos historias y sueños de críos mientras la doncella martirizaba al párroco con el prolijo recuento de sus pecados.

A finales de la segunda semana, el confesor, un sacerdote con aspecto de pugilista retirado, reparó en mi presencia y no tardó en atar cabos. Iba yo a escabullirme cuando me indicó que me acercase al confesionario. Su aire de boxeador me convenció y acaté la orden. Me arrodillé en el confesionario, temblando ante la evidencia de que mi ardid había sido desvelado.

—Ave María Purísima —musité a través de la rejilla.

—¿Me has visto cara de monja, sabandija?

—Usted perdone, padre. Es que no sé lo que se dice.

—¿No te lo han enseñado en la escuela?

—El maestro es ateo y dice que ustedes los curas son un instrumento del capital.

—Y él, ¿de quién es instrumento?

—No lo ha dicho. Creo que se tiene por agente libre.

El cura rio.

—¿Dónde has aprendido a hablar así? ¿En la escuela?

—Leyendo.

—¿Leyendo qué?

—Lo que puedo.

—¿Ya lees la palabra del Señor?

—¿El Señor escribe?

—Tú ve dándotelas de listillo y acabarás ardiendo en los infiernos.

Tragué saliva.

—¿Tengo que contarle ahora mis pecados? —murmuré, angustiado.

—No hace falta. Los llevas estampados en la frente. ¿Qué es este lío que te llevas con la criada y la niña esa casi todos los días?

—¿Qué lío?

—Te recuerdo que esto es un confesionario y si le mientes a un cura, lo mismo al salir Nuestro Señor te fulmina con un rayo destructor —amenazó el confesor.

—¿Está seguro?

—Yo si fuera tú no me arriesgaría. Venga, largando.

—¿Por dónde empiezo? —pregunté.

—Sáltate los tocamientos y las palabrotas y dime qué es lo que haces todos los días en mi parroquia a las cuatro de la tarde.

La genuflexión, la penumbra y el olor a cera tienen algo que invitan a descargar la conciencia. Confesé hasta el primer estornudo. El cura escuchaba en silencio, carraspeando cada vez que me detenía. Al término de mi declaración, cuando supuse que iba a enviarme directo a los infiernos, oí que el cura se reía.

—¿No me va a poner una penitencia?

—¿Cómo te llamas, chaval?

—David Martín, señor.

—Es padre, no señor. Señor es tu padre, o el Altísimo, y yo no soy tu padre, soy *un* padre, en este caso el padre Sebastián.

—Perdone usted, padre Sebastián.

—Con «padre» va que se mata. Y el que perdona es el Señor. Yo solo administro. Ahora, a lo que íbamos. Por hoy te dejo ir sin más que un aviso y un par de avemarías. Y como creo que el Señor, en su infinita sabiduría, ha elegido este camino insólito para conseguir que te acerques a la iglesia, te ofrezco un trato. Media hora antes de encontrarte con tu damisela, cada dos días, vienes y me ayudas a limpiar en la sacristía. A cambio yo tendré aquí a la doncella ocupada por lo menos una media hora para darte tiempo.

—¿Hará eso usted por mí, padre?

—*Ego te absolvo in nomine Patris et Filii et Spiritus Sancti.* Y ahora largo de aquí.

3

El padre Sebastián demostró ser un hombre de palabra. Yo acudía media hora antes y le ayudaba en la sacristía, porque el pobre estaba medio cojo y a duras penas se apañaba solo. Le gustaba escuchar mis historias, que según él eran pequeñas blasfemias de carácter venial, pero que le divertían, especialmente las de espectros y hechizos. Me pareció que era un hombre tan solitario como yo y que, al confesarle que Blanca era mi única amiga, se avino a ayudarme. Yo vivía para aquellos encuentros.

Blanca siempre aparecía pálida y risueña, vestida de color marfil. Siempre llevaba zapatos nuevos y collares con medallas de plata. Escuchaba los cuentos que inventaba para ella y me hablaba de su mundo y de la casa grande y oscura a la que su padre se había ido a vivir cerca de allí, un lugar que le daba miedo y que detestaba. A veces me hablaba de su madre, Alicia, con quien vivía en la antigua casa de la familia en Sarriá. Otras veces, casi llorando, se refería a su padre, a quien adoraba, pero que, decía, estaba enfermo y apenas salía ya de casa.

—Mi padre es escritor —contaba—. Como tú. Pero ya no me escribe cuentos, como antes. Ahora solo escribe historias para un hombre que a veces le visita de noche en casa. Yo no le he visto nunca, pero una vez que me quedé a dormir allí los oí hablar hasta muy tarde, encerrados en el estudio de mi padre. Ese hombre no es bueno. Me da miedo.

Cada tarde, cuando me despedía de ella, regresaba a mi casa soñando despierto con el momento en que iba a rescatarla de aquella existencia de ausencias, de aquel visitante nocturno que la asustaba, de aquella vida entre algodones que le robaba la luz cada día que pasaba. Cada tarde me decía que no iba a olvidarla y que, con solo recordarla, podría salvarla.

Un día de noviembre que amaneció de azul y de

escarcha sobre las ventanas salí como siempre a su encuentro, pero Blanca no acudió a nuestra cita. Por espacio de dos semanas esperé cada día en la basílica en vano a que mi amiga hiciese acto de presencia. La busqué en todas partes, y cuando mi padre me sorprendió llorando de noche le mentí y le dije que me dolían las muelas, aunque ningún diente podía jamás doler como aquella ausencia. El padre Sebastián, que empezaba a preocuparse de verme cada día esperando allí como un alma en pena, se sentó un día a mi lado y quiso consolarme.

—A lo mejor tendrías que olvidarte de tu amiga, David.

—No puedo. Le prometí que no me olvidaría nunca de ella.

Había pasado un mes desde su desaparición cuando me di cuenta de que empezaba a olvidarla. Había dejado de ir cada dos días a la iglesia, de inventar cuentos para ella, de sostener su imagen en la oscuridad cada noche cuando me dormía. Había empezado a olvidar el sonido de su voz, su olor y la luz de su rostro. Cuando comprendí que la estaba perdiendo, quise ir a ver al padre Sebastián para suplicarle que me perdonase, que me arrancase aquel dolor que me devoraba por dentro y me decía a la cara que había roto mi promesa y había sido incapaz de recordar a la única amiga que había tenido en la vida.

Vi a Blanca por última vez a principios de aquel mes de diciembre. Había bajado a la calle y estaba contemplando la lluvia desde el portal cuando la divisé. Caminaba sola bajo la lluvia, sus zapatos de charol blanco y su vestido marfil mancillados de agua encharcada. Corrí a su encuentro y vi que estaba llorando. Le pregunté qué había pasado y me abrazó. Blanca me dijo que su padre estaba muy enfermo y que ella se había escapado de casa. Le dije que no temiese nada, que nos escaparíamos juntos, que robaría el dinero si hacía falta para comprar dos billetes de tren y que huiríamos para siempre de la ciudad. Blanca me sonrió y me abrazó. Permanecimos así, abrazados en silencio bajo los andamios de las obras del Orfeón, hasta que un gran carruaje negro se abrió camino entre la neblina de la tormenta y se detuvo frente a nosotros. Una figura oscura se apeó del carruaje. Era Antonia, la doncella. Arrancó a Blanca de mis brazos y la introdujo en el interior del carruaje. Blanca gritó, y cuando quise asirla del brazo la doncella se volvió y me abofeteó con todas sus fuerzas. Caí de espaldas sobre los adoquines, aturdido por el golpe. Cuando me incorporé, el carruaje se alejaba.

Perseguí al carruaje bajo la lluvia hasta las obras de abertura de la Vía Layetana. La nueva avenida era un largo valle de zanjas encharcadas que avanzaba destrozando la jungla de callejones y casas del barrio de la Ribera a machetazos de dinamita y grúas de derribos. El carruaje sorteó baches y charcos, ganando distancia. En mi intento de no perder su rastro me encaramé a una cresta de adoquines y tierra que bordeaba una zanja inundada por la lluvia. De repente sentí que el terreno cedía bajo mis pies y resbalé.

Rodé zanja abajo hasta caer de bruces en el pozo de agua que se había formado abajo. Conseguí hacer pie y sacar la cabeza del líquido, que me cubría hasta la cintura. Me di cuenta entonces de que el agua estaba emponzoñada y cubierta de arañas negras que flotaban y caminaban sobre la superficie. Los insectos se abalanzaron sobre mí y cubrieron mis manos y mis brazos. Grité, agitando los brazos y escalando las paredes de barro de la zanja presa del pánico. Cuando conseguí salir fuera de la zanja inundada ya era tarde. El carruaje se perdía ciudad arriba y su silueta se desvanecía en el manto de lluvia. Empapado hasta los huesos me arrastré de regreso a casa, donde mi padre seguía dormido y encerrado en su habitación. Me quité la ropa y me metí en la cama temblando de rabia y de frío. Vi que tenía la piel de las manos y los brazos cubierta de pequeños puntos rojos que sangraban. Picaduras. Las arañas de la zanja no habían perdido el tiempo. Sentí que el veneno me ardía en la sangre y que perdía el conocimiento, cayendo a un abismo de oscuridad entre la consciencia y el sueño.

Soñé que recorría las calles desiertas del barrio en busca de Blanca bajo la tormenta. La lluvia negra acribillaba las fachadas y el reluz de los relámpagos dejaba entrever siluetas a lo lejos. Un gran carruaje negro se arrastraba entre la niebla. Blanca viajaba en su interior, golpeando los cristales con los puños y gritando. Seguí sus gritos hasta una calle estrecha y tenebrosa, donde avisté el carruaje deteniéndose frente a una gran casa oscura que se retorcía en un torreón que apuñalaba el cielo. Blanca descendía del carruaje y me miraba, alargando las manos hacia mí en gesto de súplica. Yo quería correr hacia ella, pero mis pasos apenas me permitían ganar unos metros de distancia. Era entonces cuando la gran silueta oscura aparecía a la puerta de la casa, un gran ángel con rostro de mármol que me miraba y sonreía como un lobo, desplegando sus alas negras sobre Blanca y envolviéndola en su abrazo. Yo gritaba, pero un silencio absoluto se había desplomado sobre la ciudad. En un instante infinito la lluvia quedó suspendida en el aire, un millón de lágrimas de cristal flotando en el vacío, y vi al ángel besarla en la frente, sus labios marcando su piel como hierro candente. Cuando la lluvia rozó el suelo, ambos habían desaparecido para siempre.

SIN NOMBRE

Barcelona, 1905

Años más tarde me dijeron que la vieron por última vez cuando enfilaba aquella sombría avenida que conducía a las puertas del Cementerio del Este. Atardecía y un viento helado del norte arrastraba una bóveda de nubes rojas sobre la ciudad. Caminaba sola, temblando de frío y dejando una estela de pasos inciertos en el manto de nieve que había empezado a caer a media tarde. Al llegar al umbral del camposanto la muchacha se detuvo un instante para recobrar el aliento. Un bosque de ángeles y cruces se insinuaba tras los muros. El hedor a flores muertas, cal y azufre le lamió el rostro, invitándola a entrar. Se disponía a seguir su camino cuando una punzada de dolor se abrió paso por sus entrañas como un hierro candente. Se llevó las manos al vientre y respiró hondo, resistiendo la náusea. Por un instante interminable solo existió la agonía y el miedo a no poder dar un paso más, a caer desplomada frente al portón del cementerio y a que la encontraran allí al alba, abrazada a sus verjas de lanzas como una figura de hiel y de escarcha, el hijo que llevaba en el vientre atrapado sin remedio en un sarcófago de hielo.

Hubiera sido tan fácil entregarse allí, tendida sobre la nieve, y cerrar los ojos para siempre. Pero sentía latir aquel aliento de vida en sus entrañas, un aliento que no quería apagarse, que la mantenía en pie, y supo que no se rendiría ni al dolor ni al frío. Reunió fuerzas que no tenía y se levantó de nuevo. Lazos de dolor se anudaban en su vientre, pero los ignoró y apretó el paso. No se detuvo hasta haber dejado atrás el laberinto de sepulcros y estatuas enmohecidas. Solo entonces, al levantar la mirada, sintió un soplo de esperanza al ver recortándose en la tiniebla del crepúsculo la gran puerta de hierro forjado que conducía a la Vieja Fábrica de Libros.

Más allá, el Pueblo Nuevo se extendía hacia un horizonte de cenizas y sombra. La ciudad de las factorías dibujaba el reflejo oscuro de una Barcelona hechizada por cientos de chimeneas que sangraban su aliento negro sobre el escarlata del cielo. A medida que la muchacha se adentraba en la madeja de callejones atrapados entre naves y almacenes cavernosos, sus ojos reconocieron algunas de las grandes estructuras que apuntalaban la barriada, desde la factoría de Can Saladrigas hasta la Torre de las Aguas. La Vieja Fábrica de Libros se distinguía entre todas ellas. De su perfil extravagante emergían torres y puentes colgantes que sugerían la obra de un arquitecto diabólico que había descubierto el modo de burlar las leyes de la perspectiva. Cúpulas, minaretes y chimeneas cabalgaban en un babel de bóvedas y naves sostenidas por docenas de arbotantes y columnas. Esculturas y relieves serpenteaban por sus muros, y cimborios acribillados de ventanales desprendían agujas de luz espectral.

La muchacha observó la batería de gárgolas que remataban sus cornisas y supuraban trazos de vapor que esparcían el perfume amargo a tinta y a papel. Sintiendo que el dolor prendía de nuevo en sus entrañas, se apresuró hasta la gran puerta principal y tiró del llamador. El eco amortiguado de una campana se escuchó tras el portón de hierro forjado. La muchacha miró a sus espaldas y advirtió que en apenas unos instantes el rastro de sus pisadas había quedado velado de nuevo por la nieve. Un viento helado y cortante la acorralaba contra el portón de hierro forjado. Tiró de nuevo del llamador con fuerza, una y otra vez, pero no obtuvo respuesta. La tenue claridad a su alrededor parecía desvanecerse por momentos, las sombras se extendían rápidamente a sus pies. Consciente de que no le quedaba mucho tiempo, se retiró unos pasos del portón y escrutó los ventanales de la fachada principal. Una silueta se recortaba en una de las vidrieras ahumadas, inmóvil como una araña en el centro de su tela. La muchacha no atinaba ver su rostro o a reconocer más que el trazo de un cuerpo femenino, pero supo que estaba siendo observada. Agitó los brazos y alzó la voz pidiendo ayuda. La silueta se mantuvo inmóvil hasta que, de repente, la luz que la perfilaba se extinguió. El ventanal quedó oscurecido por completo, pero la muchacha pudo advertir que los dos ojos que la observaban fijamente permanecían en la sombra, inmóviles, brillando al crepúsculo. Por primera vez el miedo le hizo olvidar el frío y el dolor. Tiró del llamador por tercera vez y, cuando comprendió que así no obtendría tampoco respuesta, empezó a golpear la puerta con los puños y a gritar. Golpeó hasta que le sangraron las manos, suplicando socorro hasta que se le quebró la voz y las piernas ya no pudieron sostenerla. Abatida sobre un charco helado, cerró los ojos y escuchó el palpitar de vida en su vientre. Al poco, la nieve comenzó a cubrir su rostro y su cuerpo.

El anochecer se esparcía ya como tinta derramada cuando la puerta se abrió proyectando un abanico de luz sobre su cuerpo. Dos figuras que portaban faroles de gas se arrodillaron junto a ella. Uno de los hombres, corpulento y con el rostro picado de viruela, apartó el cabello de la frente de la muchacha. Ella abrió los ojos y le sonrió. Los dos hombres intercambiaron una mirada y el segundo, más joven y menudo, señaló algo que brillaba en la mano de la muchacha. Un anillo. El joven hizo ademán de arrebatárselo, pero su compañero le detuvo.

Entre ambos la auparon. El mayor y más fuerte de los dos la tomó en sus brazos y ordenó al otro que corriese a buscar ayuda. El joven asintió a regañadientes, y se perdió en el anochecer. La muchacha mantenía la mirada sobre los ojos del hombre corpulento que la llevaba en brazos, murmurando una palabra que no llegaba a formarse en sus labios cortados por el frío. *Gracias, gracias.*

El hombre, que cojeaba ligeramente, la condujo a lo que parecía una cochera apostada junto a la entrada a la fábrica. Una vez en el interior, la muchacha pudo escuchar otras voces y sintió cómo varios brazos la sostenían y la tendían sobre una mesa de madera frente a un fuego. Poco a poco, el calor de las llamas fundió las lágrimas de hielo que perlaban su cabello y su rostro. Dos muchachas, tan jóvenes como ella y ataviadas como doncellas, la envolvieron en una manta y empezaron a frotarle los brazos y las piernas. Unas manos que olían a especias le llevaron una copa de vino caliente a los labios. El líquido tibio se esparció por sus entrañas como un bálsamo.

Tendida sobre la mesa, la muchacha escrutó la sala con la mirada y comprendió que se encontraba en una cocina. Una de las doncellas le acomodó la cabeza sobre unos paños y la muchacha dejó caer la frente hacia atrás. Tendida así podía ver la sala invertida, las ollas, sartenes y útiles suspendidos contra la gravedad. Fue así como la vio entrar. El rostro pálido y sereno de la dama de blanco se aproximaba lentamente desde la puerta, como si caminara sobre el techo. Las doncellas se apartaron a su paso y el hombre corpulento, bajando la vista con un amago de temor, se retiró deprisa. La muchacha escuchó los pasos y las voces alejándose y comprendió que estaba a solas con la dama de blanco. La vio inclinarse sobre ella y sintió su aliento, cálido y dulce.

—No tengas miedo —murmuró la dama.

Sus ojos grises la estudiaban en silencio y el dorso de su mano, la piel más suave que jamás había conocido, le rozaba la mejilla. La muchacha pensó que la dama tenía la presencia y el porte de un ángel roto, caído del cielo entre telarañas de olvido. Buscó el cobijo de su mirada. La dama le sonrió y le acarició el rostro con infinita dulzura. Permanecieron así durante casi media hora, casi en silencio, hasta que se escuchó un vocerío en el patio y las doncellas regresaron acompañadas del hombre joven y de un caballero enfundado en un grueso abrigo que portaba un gran maletín negro. El médico se apostó a su lado y procedió a tomarle el pulso. Sus ojos la observaban con nerviosismo. Le palpó el vientre y suspiró. La muchacha apenas pudo entender las órdenes que el doctor impartía a las doncellas y a los criados que se habían congregado en torno al fuego. Solo entonces tuvo fuerzas para recobrar la voz y preguntar si su hijo nacería sano. El doctor, que a juzgar por su expresión los daba a ambos por muertos, se limitó a cruzar una mirada con la dama de blanco.

—David —musitó la muchacha—. Se llamará David.

La dama asintió y la besó en la frente.

—Ahora tienes que ser fuerte —le susurró la dama, tomando su mano con firmeza.

Años más tarde supe que aquella muchacha de apenas diecisiete años yació en silencio absoluto, sin articular ni un gemido, con los ojos abiertos y las lágrimas cayéndole por las mejillas mientras el doctor le abría el vientre con un bisturí y traía al mundo a un niño que solo la podría recordar a través de las palabras de extraños. Me he preguntado infinidad de veces si llegaría a ver cómo la dama de blanco le daba la espalda para tomar al bebé en sus brazos y lo acurrucaba contra su pecho de seda blanca mientras ella extendía sus brazos y suplicaba que le dejasen contemplar a su hijo. A menudo me he preguntado si aquella muchacha pudo oír el llanto de su hijo alejándose en brazos de otra mujer cuando la dejaron sola en aquella sala en la que permaneció tendida en el charco de su sangre hasta que regresaron para envolver su cuerpo, que aún temblaba, en un sudario. Me he preguntado si sintió cómo una de las doncellas forcejeaba con el anillo en su mano izquierda y le desgarraba la piel para robárselo mientras arrastraban su cuerpo de vuelta a la noche, y los dos hombres que la habían rescatado lo aupaban ahora a un carromato. Me he preguntado tantas veces si respiraba todavía cuando los caballos se detuvieron, y los dos tipos tomaron el sudario para lanzarlo a la riera que arrastraba las aguas residuales de cien fábricas rumbo a la tundra de chabolas y cabañas de caña y cartón que cubrían la playa del Bogatell.

He querido creer que en el último momento, cuando las aguas fétidas la escupieron al mar y el sudario que la envolvía se desplegó a la corriente para entregar su cuerpo a una tiniebla sin fondo, ella supo que el niño que había dado a luz viviría y la recordaría siempre.

Nunca supe su nombre.

Aquella muchacha era mi madre.

UNA SEÑORITA DE BARCELONA

Laia tenía cinco años la primera vez que su padre la vendió. Fue un acuerdo inocente y piadoso, sin más malicia que la que inspira el hambre y el apremio de adeudos. Eduardo Sentís, fotógrafo y retratista sin fortuna ni gloria, acababa de heredar el estudio del que había sido su mentor y patrón durante más de veinte años. Había empezado allí como aprendiz y meritorio, pasado luego a ayudante y, finalmente, tras recibir el título, que no el salario, a fotógrafo y adjunto a la gerencia. El estudio estaba ubicado en un amplio local situado en unos bajos de la calle Consejo de Ciento y albergaba cuatro platós, dos salas de revelado y un almacén rebosante de equipo anticuado y en precario estado. Con él Eduardo heredó los numerosos impagados que dejaba su patrón, que había sido hombre más de lentes y placas que de claridad en las cuentas. En el momento de su fallecimiento, Eduardo Sentís llevaba más de seis meses sin cobrar su sueldo. En palabras del albacea, el traspaso post mórtem del negocio y del misérrimo patrimonio que venía de guarnición aspiraban a ser una justa recompensa por su devota y austera dedicación. Tan pronto luz y taquígrafos descendieron sobre las cuentas del negocio, Eduardo Sentís comprendió que más que herencia lo que su patrón le había dejado a cambio de dedicarle su juventud y su esfuerzo era una simple maldición. Tuvo que despedir a todos los empleados y afrontar la supervivencia del estudio, y la suya, a solas. Hasta la fecha, buena parte del negocio que generaba el estudio se concentraba en efemérides familiares de diverso cuño, desde bodas y bautizos hasta funerales y comuniones. El tema de pompas fúnebres y entierros era una especialidad de la casa, y Eduardo Sentís se había acostumbrado a iluminar y retratar mejor a los difuntos que a los vivos, que además nunca salían desenfocados en las largas exposiciones porque no se movían ni tenían que contener la respiración.

Fue su reputación como retratista de tinieblas la que le granjeó un encargo que, al principio, parecía sencillo y sin gran complicación. Margarita Pons, infanta de cinco años e hija de un acaudalado matrimonio con palacete en la avenida del Tibidabo y colonia industrial a orillas del Ter, había fallecido víctima de unas extrañas fiebres el día de año nuevo de 1901. Su madre, doña Eulalia, había caído en una crisis nerviosa que los médicos de la familia se habían apresurado a suavizar con generosas dosis de láudano. Don Federico Pons, páter familias y caballero sin lugar ni tiempo para sentimentalismos, había visto morir a más de un hijo y no derramó lágrima ni lamento. Ya contaba con un heredero primogénito varón sano y con buena disposición. La pérdida de una hija, si bien triste, no dejaba de suponer un ahorro de patrimonio familiar a largo y medio plazo. Su intención era celebrar el funeral y proceder al entierro en el panteón familiar del cementerio de Montjuïc con celeridad a fin de restablecer la rutina del trabajo diario cuanto antes, pero doña Eulalia, criatura frágil y propensa a dejarse engatusar por las siniestras damas de la sociedad espiritista *La Luz* de la calle Elisabets, no estaba en condiciones de pasar página con tanta determinación. A fin de acallar sus suspiros, don Federico accedió a que se realizase la serie de retratos de la difunta infanta que su madre deseaba, antes de que los empleados de la funeraria procediesen al eterno envasado del cadáver en un ataúd de marfil punteado de cristales azules.

Eduardo Sentís, retratista de difuntos, fue convocado al palacete de la avenida del Tibidabo donde residían los Pons. La propiedad quedaba oculta entre una frondosa arboleda a la que se accedía por una puerta de verjas metálicas sita en la esquina de la avenida y la calle de José Garí. Era un día gris y malcarado, una astilla de aquel invierno hostil y propenso a brumas que tan mala fortuna había traído al pobre Sentís. Como no tenía con quien dejar a su hija Laia, hizo que esta le acompañase. Con la niña de una mano y su maletín de lentes y fuelles en la otra, Sentís abordó el tranvía azul y se plantó en el palacete de los Pons con el propósito de empezar el año con ingresos contantes y sonantes. Fue recibido por un sirviente que le guio a través del jardín hasta el caserón y, una vez allí, fue conducido a una pequeña sala de espera. Laia lo miraba todo con ojos de fascinación, porque nunca había visto un lugar como aquel, que parecía salido de un cuento de hadas, pero de los de madrastra pérfida y espejos envenenados de malos recuerdos. Arañas de cristal pendían del techo, estatuas y cuadros flanqueaban muros, y gruesas alfombras persas cubrían el suelo. Sentís, contemplando aquella fortuna en peso muerto, se sintió tentado de subir su tarifa. Fue recibido por don Federico, que apenas le miró a los ojos y le habló con el tono que reservaba para lacayos y operarios de fábrica. Tenía una hora para tomar una serie de retratos de la infanta difunta. Al ver a Laia, don Federico frunció el ceño con desaprobación. Era dogma extendido entre los varones de su familia que la utilidad del género femenino se concentraba en la alcoba, la mesa o la cocina, y aquella mocosa no reunía ni edad ni alcurnia para ser considerada en ninguno de los tres supuestos. Sentís excusó la presencia de la niña alegando que la urgencia del encargo le había impedido encontrar quien cuidase de ella. Don Federico se limitó a exhalar un suspiro de desaprobación e indicó al fotógrafo que le siguiera escaleras arriba.

La infanta había sido dispuesta en una habitación del primer piso. Estaba tendida en un amplio lecho cubierto de lirios blancos con las manos cruzadas y rodeando un crucifijo sobre el pecho, una tiara de flores en la frente y ataviada en un vestido de seda vaporosa. Dos criados custodiaban la puerta en silencio. Un haz de luz de ceniza caía desde la ventana sobre el rostro de la infanta. Su piel había adquirido la apariencia y el color del mármol. Venas azules y negras recorrían su tez cuasi transparente. Sus ojos estaban hundidos en las cuencas y los labios eran de color púrpura. La habitación hedía a flores muertas.

Sentís indicó a Laia que esperase en el corredor y procedió a armar su trípode y su cámara frente al lecho. Calculó que tomaría seis placas en total. Dos primeros planos con una de las lentes largas. Dos planos medios de cintura para arriba y un par de planos generales a cuerpo entero. Todas desde el mismo ángulo, porque sospechaba que un perfil o un tres cuartos acentuarían la red de venas y capilares oscuros que afloraban bajo la piel de la niña y resultarían en unas estampas si cabe más siniestras de lo que la situación imponía. Una ligera sobrexposición quemaría de blancos la piel y suavizaría la imagen con un aura más cálida y difuminada para el cuerpo y mayor profundidad de campo y detalle en el contorno. Mientras preparaba las lentes advirtió que algo se movía en un extremo de la habitación. Lo que al entrar había tomado por una estatua más resultó ser una mujer de negro con el rostro cubierto por un velo. Era doña Eulalia, la madre de la infanta, que sollozaba en silencio y se arrastraba por la habitación como un alma en pena. Se acercó a la niña y le acarició el rostro.

—Mi ángel me habla —le dijo a Sentís—. ¿No la oye usted?

Sentís asintió y siguió con sus preparativos. Cuanto antes saliese de allí, mejor. Una vez estuvo listo para empezar a tomar las primeras imágenes, el fotógrafo le pidió a la madre que se retirase unos instantes del campo de visión de la cámara. Ella besó en la frente al cadáver y se colocó detrás de la cámara.

Andaba tan enfrascado Sentís en su tarea que no advirtió que Laia había entrado en la habitación y permanecía de pie a su lado, mirando congelada a la niña muerta que estaba tendida sobre el lecho. Antes de que pudiese reaccionar, la señora de Pons se acercó a Laia y se arrodilló frente a ella. «Hola, mi cielo. ¿Eres tú mi ángel?», preguntó. La señora de la casa tomó a la hija de Sentís en sus brazos y la apretó contra su pecho. Sentís sintió que se le helaba la sangre. La madre de la difunta cantaba una nana para Laia y la mecía en sus brazos, le decía que era su ángel y que nunca más se iban a separar. En aquel instante apareció don Federico, que procedió a quitarle a la niña de los brazos y a llevarse a su esposa de la habitación. Doña Eulalia lloraba y suplicaba que la dejasen junto a su ángel, los brazos extendidos hacia Laia. Tan pronto se quedaron solos, el fotógrafo expuso las placas tan rápido como pudo y guardó su equipo. Al salir, don Federico le esperaba en el recibidor de la casa con el pago por sus servicios en un sobre. Sentís advirtió que el sobre contenía el doble de la cantidad acordada. Don Francisco le observaba con una mezcla de anhelo y desprecio. Le hizo la oferta allí mismo: a cambio de una generosa suma de dinero, el fotógrafo traería al día siguiente a su hija al palacete de los Pons y la dejaría hasta el anochecer. Sentís, estupefacto, miró a su hija y luego a Pons. El industrial dobló la suma ofertada. Sentís negó en silencio. «Piénselo», fue cuanto le dijo Pons al despedirle.

El fotógrafo pasó la noche en vela. Laia encontró a su padre llorando en la penumbra del estudio y le tomó la mano. Le dijo que la llevase a aquella casa, que ella sería el ángel y que jugaría con la señora. A media mañana llegaban a las puertas del palacete. A Sentís se le entregó el dinero a través de un lacayo y se le dijo que volviese a las siete de la tarde. Vio a Laia desaparecer en el interior del caserón y se arrastró avenida abajo hasta encontrar un café en lo alto de la calle Balmes, donde le sirvieron una copa de brandi, y otra, y otras más, y cuantas fueron necesarias hasta que llegó la hora de ir a recoger a su hija.

Aquel día Laia lo pasó jugando con doña Eulalia y las muñecas de la difunta. Doña Eulalia la vistió con las ropas de la muerta, la besó y sostuvo en sus brazos contándole cuentos y hablándole de sus hermanos, de la tía, de un gato que habían tenido pero que había huido de la casa. Jugaron al escondite y subieron al ático. Corrieron por el jardín y merendaron frente a la fuente del patio, dando migas de pan a los peces de colores que surcaban las aguas del estanque. Al crepúsculo, doña Eulalia se tendió en el lecho con Laia a su lado y sorbió su vaso de agua con láudano.

Así, abrazadas en la penumbra, cayeron las dos dormidas hasta que uno de los criados despertó a Laia y la acompañó a la puerta, donde esperaba su padre con los ojos enrojecidos de vergüenza. Al verla cayó de rodillas y la abrazó. El lacayo le tendió un sobre con el dinero y le dio instrucciones para que trajese a la niña a la misma hora al día siguiente.

Aquella semana, Laia acudió cada día al palacete de los Pons para convertirse en el pequeño ángel, para jugar con sus juguetes y llevar sus ropas, para responder con su nombre y desaparecer dentro de la sombra de la niña muerta que embrujaba cada rincón de aquella casa triste y oscura. Al sexto día sus recuerdos eran los de la pequeña Margarita, y su existencia pasada se había evaporado. Se había convertido en aquella presencia deseada y había aprendido a encarnarla con más intensidad que la propia difunta. Había aprendido a leer miradas y anhelos, a escuchar el temblor de corazones enfermos de pérdida y a encontrar los gestos y los roces que consolaban lo inconsolable. Sin saberlo había aprendido a convertirse en otra persona, a ser nada y nadie, a vivir en la piel de otros. Nunca le pidió a su padre que no la llevase a aquel lugar, ni le contó lo que acontecía en las largas horas que pasaba en su interior. El fotógrafo, ebrio de dinero y alivio, ahogaba su conciencia en la pretensión de una buena obra, de un acto de piedad cristiana. «Si no quieres, no tienes que ir más a esa casa, ¿me oyes? —le decía cada noche su padre al regresar del palacete de los Pons—. Pero les hacemos un bien.»

El pequeño ángel se evaporó al llegar el séptimo día. Dijeron que doña Eulalia se había despertado de madrugada y al no hallar a la niña a su lado había empezado a buscarla frenéticamente por toda la casa, creyendo que todavía estaban jugando al escondite. El láudano y la oscuridad la condujeron hasta el jardín, donde creyó oír una voz y encontrar la mirada de un pequeño ángel con el rostro surcado de venas azules y los labios negros de veneno que la llamaba bajo las aguas del estanque y la invitaba a sumergirse en ellas y a aceptar el abrazo helado y silencioso de la tiniebla que la arrastraba y le susurraba: «Madre, ahora estaremos juntas para siempre, como tú querías».

Durante años el fotógrafo y su hija recorrieron ciudades y pueblos de todo el país con su circo de engaños y placeres. A sus diecisiete años Laia había aprendido ya a encarnar vidas y rostros a partir de unos pliegos de papel, de una vieja fotografía, de un relato olvidado o de unos recuerdos que se resistían a morir. A veces su arte servía para resucitar la añoranza de un primer amor secreto y prohibido, y su carne trémula despertaba bajo las manos de amantes ya en retirada, gentes que habían podido comprarlo todo en la vida menos lo que más deseaban y se les había escapado.

Negociantes sobrados de dinero y faltos de vida despertaban, acaso por unos minutos, en el lecho de mujeres que la muchacha había construido a partir de un anhelo secreto, de las páginas de un diario o de un retrato de familia, y cuyo recuerdo los acompañaría el resto de sus vidas. En ocasiones el milagro de su arte alcanzaba tal perfección que el cliente perdía la noción de que se trataba tan solo de una ilusión para nublar sus sentidos y envenenarlos de placer durante unos instantes. Creía entonces el cliente que la muchacha era quien pretendía ser, que el objeto de su deseo había cobrado vida y no quería dejarlo marchar. Estaba dispuesto a perder la fortuna o la vida yerma y vacía que había arrastrado hasta entonces por vivir el resto de su ilusión en brazos de aquella muchacha que se encarnaba en aquello que uno más deseaba.

Cuando esto sucedía, y sucedía cada vez más a menudo, porque Laia había aprendido a leer el alma y el deseo de los hombres con tal precisión que incluso su padre sentía a veces que el juego había ido demasiado lejos, ambos huían de madrugada como fugitivos y se ocultaban en otra ciudad, en otras calles, durante semanas. Entonces Laia pasaba los días escondida en la suite de un hotel de lujo, durmiendo casi todo el día, sumida en un letargo de silencio y tristeza, mientras su padre recorría los casinos de la ciudad y perdía la fortuna que habían acumulado en apenas unos días. Las promesas de abandonar aquella vida se rompían de nuevo y su padre la abrazaba y le susurraba que solo habría una ocasión más, un cliente más, y que después se retirarían a una casa junto a un lago donde Laia nunca más debería dar vida a los deseos ocultos de algún caballero adinerado y enfermo de soledad. Laia sabía que su padre mentía, que mentía sin saber que lo hacía, como todos los grandes mentirosos que primero se mienten a sí mismos y luego ya son incapaces de apreciar la verdad aunque les apuñale en el corazón. Sabía que mentía y le perdonaba, porque le quería y porque en el fondo deseaba que el juego continuase, que pronto pudiese encontrar otro personaje al que dar vida y con el que llenar, aunque apenas fuese unos días o unas horas, aquel gran vacío que iba creciendo en su interior y se la comía viva por las noches, cuando esperaba entre sábanas de seda y en suites de hoteles de categoría el regreso de su padre, ebrio de licor y fracaso.

Cada mes Laia recibía la visita de un hombre maduro y de semblante derrotado, al que su padre llamaba el doctor Sentís. El doctor, un hombre frágil que vivía escudado tras unos lentes con los que confiaba ocultar su mirada de desesperanza y derrota, había visto días mejores. De joven, en años más prósperos, el doctor Sentís había tenido un consultorio de prestigio en la calle Ausias March por el que pasaban damas y damiselas en edad de merecer o de recordar. Allí, abiertas de piernas y tendidas en la sala con techos azules, la crema de la burguesía barcelonesa no tenía secretos ni pudores para el buen doctor. Sus manos habían traído al mundo a centenares de infantes de buen asiento, y sus cuidados y consejos habían salvado las vidas y a menudo las reputaciones de pacientes que habían sido deseducadas para que buena parte de su cuerpo, la parte que más quemaba y latía, guardase más secretos que el misterio de la Santísima Trinidad.

El doctor Sentís tenía las maneras serenas y el tono amistoso y saludable de quien no ve vergüenzas ni sonrojos en las cosas de la vida. Afable y tranquilo, sabía ganarse la confianza y el aprecio de mujeres y muchachas atemorizadas por monjas y frailes de alquiler que no se palpaban las vergüenzas más que en penumbra y a instancias del maligno. Les explicaba sin rubor ni aspavientos el funcionamiento de su cuerpo, y les enseñaba a no sentir pudor alguno ante lo que, según él, no era más que la obra del Señor. Por supuesto, un hombre de talento y éxito, íntegro y honrado, no podía durar en la buena sociedad, y más temprano que tarde llegó su hora. La caída de los justos siempre viene de la mano de quienes más les deben. No se traiciona a quienes nos quieren hundir, sino a quienes nos brindan la mano, aunque solo sea para no reconocer la deuda de gratitud que tenemos con ellos.

En el caso del doctor Sentís, la traición llevaba tiempo esperándole. Durante años el buen doctor había asistido a una dama de alta alcurnia que transitaba en un matrimonio sin roce ni casi palabras con un hombre a quien apenas conocía y con quien había yacido dos veces en veinte años. La dama, a fuerza de costumbre, había aprendido a vivir con telarañas en el corazón, pero no se resignaba a acallar el fuego entre las piernas, y en una ciudad donde tantos caballeros gustaban de tratar a sus esposas de santas y de vírgenes y a las de los demás de furcias y busconas no le costó encontrar amantes y peregrinos con los que matar el tedio y recordar que estaba viva, aunque solo fuese de cuello para abajo. Las aventuras y desventuras en lechos ajenos comportaban sus riesgos y la dama no tenía secretos para el buen doctor, que se aseguraba de que sus muslos pálidos y anhelantes no cayesen presa de males y dolencias de escasa reputación. Las pócimas, ungüentos y sabios consejos impartidos por el doctor habían mantenido a la dama en estado de inmaculado ardor durante años.

Quiso la vida, como suele quererlo siempre que tiene oportunidad, que las bondades del médico le fuesen retornadas en hiel y malicia. La buena sociedad de toda ciudad es un mundo casi tan pequeño como su reserva de honestidad, y estaba cantado que llegaría el día maldito en que alguno de aquellos amantes de media hora, por miseria o por despecho, o mejor aún por interés, desvelaría la vida secreta y ardiente de una mujer solitaria y triste ante los ojos afilados de sus compañeras en la envidia. La historia de la puta de medias de seda, apodo con que algún chafardero con ínfulas de literato la bautizó, corrió como sangre caliente por los dimes y diretes de una comunidad que vivía de la maledicencia y el recelo.

Caballeros distinguidos, entre risotadas, se complacían en describir con pelos y señales los encantos de la señora caída en puta de medias de seda, y sus no menos distinguidas y despreciadas esposas murmuraban cómo aquella ramera derribada, que había pasado por amiga suya, había realizado actos innombrables y había corrompido el alma y los bajos de sus esposos e hijos a cuatro patas y con la boca llena, haciendo gala de unas acrobacias lingüísticas que no habían aprendido en sus once años en las aulas del Sagrado Corazón. La historia, que crecía y se tornaba más extravagante cada vez que pasaba de labios, no tardó en llegar al augusto marido de la llamada puta de las medias de seda. Se dijo después que la culpa no la tuvo nadie, que fue por propia elección que la dama dejó la morada familiar, que abandonó sus ropas y sus joyas, que se mudó a un piso frío, sin luz ni muebles, de la calle Mallorca y que un buen día de enero se tendió en la cama frente a la ventana abierta y se bebió medio vaso de láudano, hasta que su corazón se detuvo y sus ojos, abiertos al viento helado del invierno, se quebraron de escarcha.

La encontraron desnuda, sin más compañía que una larga carta que tenía la tinta aún fresca en la que confesaba su historia y culpaba de todo al doctor Sentís, que la había aturdido con sus pócimas y sus taimadas palabras para que se entregase a una vida de abandono y lujuria de la que solo la oración y el encuentro con el Señor a las puertas del purgatorio podían salvarla.

La carta, en facsímil o en extracto de palabra, circuló ampliamente entre las gentes de bien y en cuestión de un mes el libro de visitas del consultorio del doctor Sentís estaba vacío, y su semblante taciturno y tranquilo había pasado a ser el de un paria al que apenas se le entrega una mirada o una palabra. Tras meses de penuria, el doctor intentó buscar empleo en los hospitales de la ciudad, pero ninguno quiso aceptarle porque el marido de la difunta, que de puta de medias de seda había pasado a santa mártir de manto blanco, era hombre de largo alcance y había dado orden y amenaza de que cualquiera que concediese tregua al doctor Sentís iba a unirse a él en el país de los olvidados.

Con el tiempo y la invisibilidad, el buen doctor descendió de las nubes de algodón de la Barcelona pudiente y pasó a habitar el infinito sótano de sus calles, donde centenares de putas sin medias de seda y de almas desheredadas acogieron sus servicios y su honestidad, si no con dineros que apenas tenían, sí con respeto y gratitud. El buen doctor, que había tenido que malvender su consultorio en la calle Ausias March y su chalet en San Gervasio para sobrevivir en los años difíciles, adquirió un piso modesto en la calle Condal, donde moriría muchos años más tarde, feliz y cansado, sin remordimientos.

Fue en aquellos primeros años, en que el doctor Sentís recorría prostíbulos y *meublés* del Distrito Quinto armado de medicinas y sentido común, cuando se tropezó con el fotógrafo que intentó prestarle, sin cobrar, los talentos de su hija. El fotógrafo había oído que el doctor había perdido a una hija con solo catorce años, de nombre Laia, y que su esposa le había abandonado poco después incapaz de sostener la pérdida que les unía. Quienes le conocían decían que el buen doctor vivía embrujado por la tragedia de la muerte de Laia, a quien no había podido salvar pese a todos sus esfuerzos. El fotógrafo, a quien el doctor había librado de una infección de oído que había estado a punto de costarle la escucha y la cordura, quería corresponderle en especia y estaba convencido de que, estudiando las fotografías y los recuerdos que el doctor guardaba de la muerta, su hija podría devolverla a la vida y devolverle al doctor, si cabe por unos minutos, lo que más había querido en el mundo. El doctor declinó la oferta, pero trabó cierta amistad con el fotógrafo y acabó por convertirse en el médico de su hija, a la que visitaba cada mes y a la que mantenía a salvo de las enfermedades y males propios de su profesión.

Laia adoraba al doctor y anhelaba sus visitas. Era el único hombre que conocía que no la miraba con deseo ni proyectaba en ella fantasías sin remedio. Podía hablar con él de cosas que nunca hubiera mencionado a su padre y podía confiarle sus temores e inquietudes. El doctor, que nunca juzgaba a sus pacientes ni las ocupaciones que la vida había elegido para ellos, no podía ocultar el reparo que le producía el modo en que el fotógrafo vendía los mejores años de su hija. A veces le hablaba de la hija que había perdido, y ella sabía sin necesidad de que nadie se lo dijera que era la única a quien el doctor confiaba sus secretos y sus recuerdos. Íntimamente, ella deseaba poder tomar el lugar de la otra Laia y convertirse en la hija de aquel hombre triste y bondadoso, y abandonar al fotógrafo, al que la codicia y la mentira habían acabado por convertir en un extraño que caminaba con las ropas de su padre. Lo que la vida le había negado se lo otorgaría la muerte.

Al poco de cumplir los diecisiete años, Laia, supo que estaba embarazada. El padre podía haber sido cualquiera de los clientes que a razón de tres por semana sostenían las deudas de juego del fotógrafo. Al principio Laia ocultó el embarazo a su padre y urdió mil excusas para, durante los primeros meses, evitar las visitas del doctor Sentís. Corsés y el arte de que los demás viesen en ella lo que querían ver hicieron el resto. Al cuarto mes de embarazo uno de sus clientes, un médico que había sido rival del doctor Sentís y que ahora había heredado buena parte de sus pacientes, advirtió la circunstancia en el transcurso de un juego en el que Laia, esposada de pies y manos, se sometía a un cruel reconocimiento a manos de un doctor al que los gemidos de dolor de sus pacientes le calentaban el espíritu. La dejó sangrando desnuda sobre la cama, esposada, donde la encontró su padre horas después.

Al descubrir la verdad, el fotógrafo prendió en pánico y se apresuró a llevar a su hija a una mujerona que practicaba malas artes en un sótano de calle Aviñón para que se deshiciera del noble bastardo que llevaba en las entrañas. Rodeada de velas y cubos de agua maloliente, tendida en un camastro sucio y ensangrentado, Laia le dijo a la vieja bruja que tenía miedo y no quería hacer daño a la criatura inocente que llevaba en el vientre. Al asentimiento del fotógrafo, la bruja le dio a beber un líquido verdoso y espeso que nubló su entendimiento y rindió su voluntad. Sintió que su padre la sujetaba por las muñecas y que la bruja le separaba los muslos. Sintió algo frío y metálico abrirse camino en sus entrañas como una lengua de hielo. Delirando, creyó oír el llanto de una criatura que se retorcía en su vientre y le suplicaba que la dejase vivir. Fue entonces cuando la explosión de dolor, de mil cuchillas royéndole las entrañas, de fuego quemándola por dentro, se apoderó de su ser y le hizo perder el conocimiento. Lo último que pudo recordar fue que se sumergía en un pozo de sangre negra y humeante y que algo, o alguien, tiraba de sus piernas.

Despertó en el mismo camastro bajo la mirada indiferente de la bruja. Se sentía débil. Un dolor sordo y ardiente le consumía el vientre y los muslos, como si todo su cuerpo fuese una cicatriz en carne viva. Su mirada febril se encontró con la de la bruja. Preguntó por su padre. La bruja negó en silencio. Perdió de nuevo el sentido y cuando volvió a abrir los ojos supo que estaba amaneciendo por la claridad que se filtraba desde un ventanuco que daba a ras de calle. La bruja estaba de espaldas a ella, preparando algún mejunje que olía a miel y alcohol. Laia preguntó por su padre. La bruja le tendió una taza caliente y le dijo que bebiese, que se sentiría mejor. Bebió y el bálsamo cálido y gelatinoso calmó ligeramente la agonía que le roía el vientre.

—¿Dónde está mi padre?

—¿Ese era tu padre? —preguntó la bruja con una sonrisa amarga.

El fotógrafo la había abandonado, dándola por muerta. Su corazón había dejado de latir durante dos minutos, explicó la bruja. Su padre, al verla muerta, había echado a correr.

—Yo también creía que estabas muerta. Pero un par de minutos después abriste los ojos y volviste a respirar. Date por afortunada, niña. Alguien en lo alto debe de quererte mucho, porque has vuelto a nacer.

Cuando Laia reunió fuerzas para ponerse en pie y acudir al hotel Colón, en cuyas habitaciones habían vivido durante tres semanas, el recepcionista le informó de que el fotógrafo se había marchado un día antes sin dejar señas. Se había llevado toda su ropa y tan solo había dejado atrás el álbum de fotografías de Laia.

—¿No dejó ninguna nota para mí?

—No, señorita.

Laia pasó una semana buscándole por toda la ciudad. Nadie había vuelto a verle por los casinos y cafés en los que era habitual, aunque todos le recordaron que le dijese, si le veía, que acudiese a saldar sus deudas y cuentas pendientes. A la segunda semana supo que no volvería a verle y, sin hogar ni compañía, acudió al doctor Sentís, que al verla supo al instante que algo andaba mal e insistió en reconocerla. Cuando el buen doctor comprobó el daño que la vieja bruja había causado en las entrañas de la muchacha se deshizo en lágrimas. Aquel día el hombre recuperó una hija y Laia encontró, por primera vez, a un padre.

Vivían juntos en el modesto piso del doctor en la calle Condal. Los ingresos del médico eran mínimos, pero fueron suficientes para matricular a Laia en una escuela de señoritas y mantener la ficción de que todo iba a salir bien durante un año. La avanzada edad del doctor y algún descuido en las dosis de éter con que, a escondidas, intentaba paliar el dolor de su existencia, habían hecho mella en él. Sus manos empezaban a temblar y estaba perdiendo la visión. El hombre se apagaba y Laia dejó la escuela para cuidarle.

Con la vista, el buen doctor empezó a perder también la noción de las cosas y a creer que era su verdadera hija, que había regresado de entre los muertos para cuidarle. A veces, cuando le sostenía en sus brazos y le dejaba llorar, Laia también lo creía. Cuando los escasos ahorros de él se agotaron, Laia se vio forzada a desenterrar sus artes y volver al ruedo.

Libre de las ataduras de su padre, Laia descubrió que sus facultades se habían multiplicado. En apenas unos meses los mejores establecimientos de la ciudad se peleaban por sus servicios. Se limitaba a un cliente por mes, al más alto precio. Durante semanas estudiaba el caso y creaba la identidad de la fantasía que iba a encarnar por unas horas. Nunca repetía con un cliente. Nunca desvelaba su verdadera identidad.

Corrió la voz en el barrio de que el viejo doctor vivía con una joven de belleza deslumbrante, y de entre tinieblas y rencores resurgió su antigua esposa, que tras años de abandono quiso volver al hogar para terminar de amargar la vejez de un hombre que ya no veía ni recordaba y cuya única realidad era la compañía de una muchacha a la que tomaba por su hija muerta, que le leía libros viejos y le sostenía en sus brazos llamándole, y sintiéndole, padre. La señora Sentís consiguió, con ayuda de jueces y policías, echar a Laia de la casa y, casi, de la vida del doctor. Encontró refugio en una institución regentada por una antigua profesional de la alcoba, Simone de Sagnier, y pasó unos años intentando olvidar quién era, intentando olvidar que el único modo de sentirse viva era dando vida a otros. Por las tardes, cuando se lo permitía la esposa del doctor, Laia acudía recogerle a su piso de la calle Condal y se lo llevaba de paseo. Acudían a lugares y jardines que él recordaba haber compartido con su hija, y allí Laia, la Laia que él recordaba, le leía libros o le refrescaba recuerdos que no había vivido pero que había hecho suyos. Pasaron así casi tres años en que el viejo doctor Sentís se iba apagando semana a semana, hasta aquel día de lluvia en que yo la seguí hasta el domicilio del doctor y Laia recibió la noticia de que su padre, el único que había tenido, había muerto aquella noche con su nombre en los labios.

ROSA DE FUEGO

Y así, llegado el 23 de abril, los presos de la galería se volvieron a mirar a David Martín, que yacía en la sombra de su celda con los ojos cerrados, y le pidieron que les contase una historia con la que ahuyentar el tedio.

—Os contaré una historia —dijo él—. Una historia de libros, de dragones y de rosas, como manda la fecha, pero sobre todo una historia de sombras y ceniza, como mandan los tiempos...

(De los fragmentos perdidos de
El Prisionero del Cielo.)

1

Cuentan las crónicas que cuando el hacedor de laberintos llegó a Barcelona a bordo de un bajel procedente de Oriente, ya portaba consigo el germen de la maldición que habría de teñir el cielo de la ciudad de fuego y sangre. Corría el año de gracia de 1454 y una plaga de fiebre había diezmado la población durante el invierno, dejando la ciudad velada por un manto de humo ocre que ascendía de las hogueras donde ardían cadáveres y mortajas de centenares de difuntos. La espiral de miasma podía verse a lo lejos, reptando entre torreones y palacios para alzarse en un augurio funerario que advertía a los viajeros que no se aproximasen a las murallas y pasaran de largo. El Santo Oficio había decretado que la ciudad fuera sellada y su investigación había determinado que la plaga se había originado en un pozo cercano al barrio judío del Call de Sanaüja, donde una diabólica conjura de usureros semitas habían envenenado las aguas, tal y como días de interrogatorios a hierro demostraron más allá de cualquier duda. Expropiados sus cuantiosos bienes y arrojados a una fosa del pantano lo que quedaba de sus despojos, solo cabía esperar que la oración de los ciudadanos de bien regresara la bendición de Dios a Barcelona. Cada día que pasaba eran menos los fallecidos y más los que sentían que lo peor ya había quedado atrás. Quiso empero el destino que los primeros fueran los afortunados y los segundos pronto hubieran de envidiar a quienes habían dejado ya aquel valle de miserias. Para cuando alguna voz tenue se atrevió a sugerir que un gran castigo caería de los cielos para purgar la infamia perpetrada *In Nomine Dei* contra los comerciantes judíos, ya era tarde. Nada cayó del cielo excepto ceniza y polvo. El mal, por una vez, llegó por mar.

2

El buque fue avistado al alba. Unos pescadores que reparaban sus redes frente a la Muralla de Mar lo vieron emerger de la bruma arrastrado por la marea. Cuando la proa encalló en la orilla y el casco se escoró a babor, los pescadores se encaramaron a bordo. Un hedor intenso emanaba de las entrañas del barco. La bodega estaba inundada y una docena de sarcófagos flotaba entre los escombros. A Edmond de Luna, el hacedor de laberintos y único superviviente de la travesía, lo encontraron atado al timón y quemado por el sol. Al principio lo tomaron por muerto, pero al examinarlo pudieron observar que todavía le sangraban las muñecas bajo las ataduras y que sus labios exhalaban un frío aliento. Portaba un cuaderno de piel en el cinto, pero ninguno de los pescadores pudo hacerse con él, pues para entonces ya se había personado en el puerto un grupo de soldados cuyo capitán, siguiendo órdenes del Palacio Episcopal, que había sido alertado de la llegada del buque, ordenó que se trasladase al moribundo al cercano hospital de Santa Marta y apostó a sus hombres para que custodiaran los restos del naufragio hasta que los oficiales del Santo Oficio pudieran llegar para inspeccionar el barco y dilucidar cristianamente lo que había sucedido. El cuaderno de Edmond de Luna fue entregado al gran inquisidor Jorge de León, brillante y ambicioso paladín de la Iglesia que confiaba en que sus empeños en pos de la purificación del mundo le granjeasen pronto la condición de beato, santo y luz viva de la fe. Tras somera inspección, Jorge de León dictaminó que el cuaderno había sido compuesto en una lengua ajena a la cristiandad y ordenó que sus hombres fueran a buscar a un impresor llamado Raimundo de Sempere, que tenía un modesto taller junto al portal de Santa Ana y que, habiendo viajado en su juventud, conocía más lenguas de las que eran aconsejables para un cristiano de bien. Bajo amenaza de tormento, el impresor Sempere fue obligado a jurar que guardaría el secreto de cuanto le fuese revelado. Solo entonces se le permitió inspeccionar el cuaderno en una sala custodiada por centinelas en lo alto de la biblioteca de la casa del arcediano, junto a la catedral. El inquisidor Jorge de León observaba con atención y codicia.

—Creo que el texto está compuesto en persa, su santidad —musitó un Sempere aterrorizado.

—Todavía no soy santo —matizó el inquisidor—. Pero todo se andará. Prosiga...

Y fue así como, durante toda la noche, el impresor de libros Sempere se dedicó a leer y a traducir para el gran inquisidor el diario secreto de Edmond de Luna, aventurero y portador de la maldición que habría de traer la bestia a Barcelona.

3

Treinta años atrás Edmond de Luna había partido de Barcelona rumbo a Oriente en busca de prodigios y aventuras. Su travesía por el mar Mediterráneo le había llevado a islas prohibidas que no aparecían en mapas de navegación, a compartir lecho con princesas y criaturas de naturaleza inconfesable, a conocer los secretos de civilizaciones enterradas por el tiempo y a iniciarse en la ciencia y el arte de la construcción de laberintos, don que habría de hacerle célebre y merced al cual obtuvo empleo y fortuna al servicio de sultanes y emperadores. Con el paso de los años, la acumulación de placeres y riquezas apenas significaba nada ya para él. Había saciado su sed de codicia y ambición más allá de los sueños de cualquier mortal y, ya en la madurez y sabiendo que sus días caminaban hacia el ocaso, se dijo que nunca más volvería a prestar sus servicios a menos que fuese a cambio de la mayor de las recompensas, el conocimiento prohibido. Durante años declinó las invitaciones para construir los más prodigiosos e intrincados laberintos porque nada de lo que le daban a cambio le era deseable. Creía ya que no había tesoro en el mundo que no se le hubiese brindado cuando llegó a sus oídos que el emperador de la ciudad de Constantinopla requería sus servicios, a cambio de los cuales estaba dispuesto a ofrecer un secreto milenario al que ningún mortal había tenido acceso durante siglos. Aburrido y tentado por una última oportunidad para reavivar la llama de su alma, Edmond de Luna visitó al emperador Constantino en su palacio. Constantino vivía bajo la certeza de que, tarde o temprano, el cerco de los sultanes otomanos acabaría con su imperio y borraría de la faz de la tierra el saber que la ciudad de Constantinopla había acumulado durante siglos. Por ese motivo deseaba que Edmond proyectase el mayor laberinto jamás creado, una biblioteca secreta, una ciudad de libros que habría de existir oculta bajo las catacumbas de la catedral de Hagia Sophia donde los libros prohibidos y los prodigios de siglos de pensamiento pudieran ser preservados para siempre. A cambio, el emperador Constantino no le ofrecía tesoro alguno.

Simplemente un frasco, un pequeño botellín de cristal tallado que contenía un líquido escarlata que brillaba en la oscuridad. Constantino sonrió de modo extraño al tenderle el frasco.

—He esperado muchos años antes de poder encontrar al hombre merecedor de este don —explicó el emperador—. En las manos equivocadas, este podría ser un instrumento para el mal.

Edmond lo examinó fascinado e intrigado.

—Es una gota de sangre del último dragón —murmuró el emperador—. El secreto de la inmortalidad.

4

Durante meses Edmond de Luna trabajó en los planos para el gran laberinto de los libros. Hacía y rehacía el proyecto sin quedar satisfecho. Había comprendido entonces que ya no le importaba el pago, pues su inmortalidad sería consecuencia de la creación de aquella prodigiosa biblioteca y no de una supuesta poción mágica de leyenda. El emperador, paciente pero preocupado, le recordaba que el asedio final de los otomanos estaba próximo y que no había tiempo que perder. Finalmente, cuando Edmond de Luna dio con la solución al gran rompecabezas, ya era tarde. Las tropas de Mehmed II el Conquistador habían cercado Constantinopla.

El fin de la ciudad, y del imperio, era inminente. El emperador recibió los planos de Edmond maravillado, pero comprendió que nunca podría construir el laberinto bajo la ciudad que llevaba su nombre. Pidió entonces a Edmond que intentase eludir el cerco junto a tantos otros artistas y pensadores que habrían de partir rumbo a Italia.

—Sé que encontrará el lugar idóneo para construir el laberinto, amigo mío.

En agradecimiento, el emperador le entregó el frasco con la sangre del último dragón, pero una sombra de inquietud nublaba su rostro al hacerlo.

—Cuando le ofrecí este don, apelé a la codicia de la mente para tentarle, amigo mío. Quiero que acepte también este humilde amuleto, que tal vez algún día apelará a la sabiduría de su alma si el precio de la ambición es demasiado alto...

El emperador se desprendió de una medalla que llevaba al cuello y se la tendió. El colgante no contenía oro ni joyas, apenas una pequeña piedra que parecía un simple grano de arena.

—El hombre que me la entregó me dijo que era una lágrima de Cristo. —Edmond frunció el ceño—. Sé que no es usted hombre de fe, Edmond, pero la fe se encuentra cuando no se busca y llegará el día en que sea su corazón, no su mente, el que anhele la purificación del alma.

Edmond no quiso contrariar al emperador y se colocó la insignificante medalla al cuello. Sin más equipaje que los planos de su laberinto y el frasco escarlata, partió aquella misma noche. Constantinopla y el imperio caerían poco después tras un cruento asedio mientras Edmond surcaba el Mediterráneo en busca de la ciudad que había dejado en su juventud.

Navegaba junto a unos mercenarios que le habían ofrecido pasaje tomándolo por un rico mercader a quien aligerar de su bolsa una vez en alta mar. Cuando descubrieron que no portaba riqueza alguna, quisieron echarlo por la borda, pero él les persuadió para que le permitiesen seguir a bordo contándoles algunas de sus aventuras a modo de Scherezade. El truco consistía en dejarlos siempre con la miel en los labios, le había enseñado un sabio narrador en Damasco. «Te odiarán por ello, pero te desearán aún más.»

A ratos libres empezó a escribir sus experiencias en un cuaderno. Para vedarlo de la mirada indiscreta de aquellos piratas, lo compuso en persa, una lengua prodigiosa que había aprendido durante sus años en la antigua Babilonia. A media travesía se toparon con un buque a la deriva sin pasaje ni tripulación. Portaba grandes ánforas de vino que llevaron a bordo y con las que los piratas se emborrachaban todas las noches mientras escuchaban las historias que contaba Edmond, a quien no le permitían probar gota alguna. A los pocos días la tripulación empezó a enfermar y pronto los mercenarios fueron muriendo uno tras otro víctimas del veneno que habían ingerido en el vino robado.

Edmond, el único a salvo de aquel destino, los fue metiendo en los sarcófagos que los piratas llevaban en la bodega, fruto del botín de alguno de sus pillajes. Solo cuando él era el único que quedaba con vida a bordo y temía morir perdido a la deriva en alta mar en la más terrible de las soledades osó abrir el frasco escarlata y olfatear el contenido durante un segundo. Bastó un instante para que vislumbrara el abismo que quería apoderarse de él. Sintió el vapor que reptaba desde el frasco sobre su piel y vio por un segundo sus manos cubrirse se escamas y sus uñas convertirse en garras más afiladas y mortíferas que el más temible de los aceros. Aferró entonces aquel humilde grano de arena que pendía de su cuello y suplicó a un Cristo en el que no creía su salvación. El negro abismo del alma se desvaneció y Edmond respiró de nuevo al ver que sus manos volvían a ser las de un mortal. Selló el frasco de nuevo y se maldijo por su ingenuidad. Supo entonces que el emperador no le había mentido, pero que aquello no era pago ni bendición alguna. Era la llave del infierno.

5

Cuando Sempere acabó de traducir el cuaderno, la primera luz del alba asomaba entre las nubes. Poco después el Inquisidor, sin mediar palabra, abandonó la sala y dos centinelas entraron a buscarlo para conducirlo a una celda de la que tuvo la certeza que jamás saldría con vida.

Mientras Sempere daba con sus huesos en la mazmorra, los hombres del gran inquisidor acudían a los restos del naufragio donde, oculto en un cofre de metal, habían de encontrar el frasco escarlata. Jorge de León los esperaba en la catedral. No habían conseguido encontrar la medalla con la supuesta lágrima de Cristo a la que aludía el texto de Edmond, pero el Inquisidor no tuvo reparo, pues sentía que su alma no precisaba de purificación alguna. Con los ojos envenenados de codicia, el Inquisidor tomó el frasco escarlata, lo alzó al altar para bendecirlo y, dando gracias a Dios y al infierno por aquel don, ingirió el contenido de un trago. Transcurrieron unos segundos sin que sucediese nada. Entonces, el Inquisidor empezó a reír. Los soldados se miraron unos a otros desconcertados preguntándose si Jorge de León habría perdido el juicio. Para la mayoría de ellos, fue el último pensamiento de sus vidas. Vieron cómo el Inquisidor caía de rodillas y una bocanada de viento helado barría la catedral, arrastrando los bancos de madera, derribando figuras y cirios encendidos.

Luego escucharon cómo su piel y sus miembros se quebraban, cómo entre los aullidos de agonía la voz de Jorge de León se hundía en el rugido de la bestia que emergía de sus carnes, creciendo rápidamente en un amasijo ensangrentado de escamas, garras y alas. Una cola jalonada de aristas cortantes como hachas se extendía en la mayor de las serpientes, y cuando la bestia se volvió y les mostró el rostro surcado de colmillos y los ojos encendidos de fuego, apenas tuvieron valor para echar a correr. Las llamas les sorprendieron inmóviles, arrancándoles la carne de los huesos como el vendaval arranca las hojas de un árbol. La bestia desplegó entonces sus alas y el Inquisidor, san Jorge y dragón al tiempo, alzó el vuelo atravesando el gran rosetón de la catedral en una tormenta de cristal y fuego para elevarse sobre los tejados de Barcelona.

6

La bestia sembró el terror durante siete días y siete noches, derribando templos y palacios, incendiando cientos de edificios y despedazando con sus garras las figuras temblorosas que encontraba suplicando misericordia tras arrancar los techos sobre sus cabezas. El dragón carmesí crecía día tras día y devoraba cuanto encontraba a su paso. Los cuerpos desgarrados llovían del cielo y las llamas de su aliento fluían por las calles como un torrente de sangre.

Al séptimo día, cuando todos en la ciudad creían que la bestia iba a arrasarla por completo y a aniquilar a todos sus habitantes, una figura solitaria salió a su encuentro. Edmond de Luna, apenas recuperado y cojeando, ascendió las escalinatas que conducían a la azotea de la catedral. Allí esperó a que el dragón le avistase y fuera a por él. De entre las nubes negras de humo y brasa emergió la bestia en vuelo rasante sobre los tejados de Barcelona. Había crecido tanto que rebasaba ya en tamaño al templo del que había emergido.

Edmond de Luna pudo ver su reflejo en aquellos ojos, inmensos como estanques de sangre. La bestia abrió las fauces para engullirlo, volando ahora como una bala de cañón sobre la ciudad y arrancando terrados y torres a su paso. Edmond de Luna extrajo entonces aquel miserable grano de arena que pendía de su cuello y lo apretó en el puño. Recordó las palabras de Constantino y se dijo que la fe le había por fin encontrado y que su muerte era un precio muy pequeño para purificar el alma negra de la bestia, que no era sino la de todos los hombres. Alzó así el puño que asía la lágrima de Cristo, cerró los ojos y se ofreció. Las fauces lo engulleron a la velocidad del viento y el dragón se elevó en lo alto, escalando las nubes.

Quienes recuerdan aquel día dicen que el cielo se abrió en dos y que un gran resplandor prendió el firmamento. La bestia quedó envuelta en las llamas que resbalaban entre sus colmillos y el batir de sus alas proyectó una gran rosa de fuego que cubrió totalmente la ciudad. Se hizo entonces el silencio y, cuando volvieron a abrir los ojos, el cielo se había cubierto como en la noche más cerrada y una lenta lluvia de copos de ceniza brillante se precipitó desde lo más alto, cubriendo las calles, las ruinas quemadas y la ciudad de tumbas, templos y palacios con un manto blanco que se deshacía al tacto y que olía a fuego y maldición.

7

Aquella noche Raimundo de Sempere consiguió escapar de su celda y regresar a casa para comprobar que su familia y su taller de impresión de libros habían sobrevivido a la catástrofe. Al amanecer, el impresor se acercó hasta la Muralla de Mar. Las ruinas del naufragio que había traído a Edmond de Luna de regreso a Barcelona se mecían en la marea. El mar había empezado a desguazar el casco y pudo penetrar en él como si se tratase de una casa a la que hubieran arrancado una pared. Recorriendo las entrañas del buque a la luz espectral del alba, el impresor encontró por fin lo que buscaba. El salitre había carcomido parte del trazo, pero los planos del gran laberinto de los libros seguían intactos tal y como Edmond de Luna lo había proyectado. Se sentó sobre la arena y los desplegó. Su mente no podía abarcar la complejidad y la aritmética que sostenía aquella ilusión, pero se dijo que vendrían mentes más preclaras capaces de dilucidar sus secretos y que, hasta entonces, hasta que otros más sabios pudieran encontrar el modo de salvar el laberinto y recordar el precio de la bestia, guardaría los planos en el cofre familiar, donde algún día, no albergaba duda ninguna, encontraría al hacedor de laberintos merecedor de tamaño desafío.

EL PRÍNCIPE DE PARNASO

—

Un sol herido de escarlata se sumergía en la línea del horizonte cuando el caballero Antoni de Sempere, a quien todos llamaban el *facedor de libros*, se aupó en lo más alto de la muralla que sellaba la ciudad y avistó el cortejo aproximándose a lo lejos. Corría el año de gracia de 1616 y una bruma que olía a pólvora serpenteaba sobre los tejados de una Barcelona de piedra y polvo. El facedor de libros volvió la vista hacia la ciudad y su mirada se perdió en el espejismo de torres, palacios y callejones que palpitaban en el miasma de una perpetua tiniebla apenas quebrada por antorchas y carruajes que se arrastraban arañando los muros.

«Algún día caerán las murallas y Barcelona se esparcirá bajo el cielo como una lágrima de tinta sobre agua bendita.»

El facedor de libros sonrió al recordar aquellas palabras que había pronunciado su buen amigo al abandonar la ciudad seis años antes.

«Me llevo la memoria, prisionero de la belleza de sus calles y deudor de su alma oscura, a la que prometo regresar para rendir la mía y abrazarme en el más dulce de sus olvidos.»

El eco de los cascos aproximándose a las murallas le rescató de su ensueño. El facedor de libros volvió la mirada al este y vislumbró el cortejo que enfilaba ya el camino que conducía a la gran puerta de San Antonio. La carroza fúnebre era negra y estaba tramada de relieves y figuras talladas que serpenteaban en torno a un habitáculo acristalado velado por cortinajes de terciopelo. Venía escoltada por dos jinetes. Cuatro corceles adornados con plumajes y galas mortuorias tiraban de ella mientras las ruedas levantaban a su paso una nube de polvo que prendía al ámbar del crepúsculo. Sobre el pescante se recortaba la figura de un cochero que llevaba el rostro cubierto y tras él, coronando la carroza como un mascarón de proa, se alzaba la silueta de un ángel de plata.

El facedor de libros bajó los ojos y suspiró apesadumbrado. Supo entonces que no estaba solo y no necesitó apenas volver la vista para reconocer la presencia del caballero a su lado. Sintió aquel soplo de aire frío y aquel perfume de flores secas que siempre le acompañaban.

—Dicen que un buen amigo es aquel que sabe recordar y olvidar a un tiempo —dijo el caballero—. Veo que no ha olvidado usted la cita, Sempere.

—Ni usted la deuda, *signore.*

El caballero se aproximó hasta detener su rostro pálido a un palmo apenas del facedor de libros y Sempere pudo apreciar su propio reflejo en el oscuro espejo de aquellas pupilas que cambiaban de color y se estrechaban como las de un lobo a la vista de sangre fresca. El caballero no había envejecido un solo día y vestía las mismas galas. Sempere sintió un escalofrío y un profundo deseo de echar a correr, pero se limitó a asentir cortésmente.

—¿Cómo me ha encontrado? —preguntó.

—El olor a tinta le delata, Sempere. ¿Ha impreso algo bueno recientemente que me pueda recomendar?

El facedor de libros reparó en el tomo que el caballero portaba en las manos.

—La mía es una imprenta modesta que no alcanza a plumas dignas de su paladar. Además, se diría que el *signore* ya tiene lectura para la velada.

El caballero desgranó su sonrisa tramada de dientes blancos y afilados. El facedor de libros desvió la mirada hacia el cortejo, que ya estaba a umbrales de la muralla. Sintió la mano del caballero posándose en su hombro y apretó los dientes para no temblar.

—No tenga miedo, amigo Sempere. Llegarán antes los estertores de Avellaneda y de la jauría de infelices y envidiosos que imprime su amigo Sebastián de Cormellas a la posteridad que el alma de mi querido Antoni de Sempere a la humilde posada que regento. No tiene usted nada que temer de mí.

—Algo parecido le dijo usted a don Miguel hace cuarenta y seis años.

—Cuarenta y siete. Y no mentía.

El facedor de libros cruzó brevemente la mirada

con el caballero y por un instante de ensueño creyó ver en su rostro una tristeza tan grande como la que le embargaba a él.

—Pensaba que esta era una jornada de triunfo para usted, *signore* Corelli —apuntó.

—La belleza y el conocimiento son la única luz que ilumina este miserable establo que estoy condenado a recorrer, Sempere. Su pérdida es la mayor de mis penas.

A sus pies, el cortejo fúnebre estaba cruzando la puerta de San Antonio. El caballero hizo un ademán e invitó al impresor a abrir paso.

—Venga conmigo, Sempere. Démosle la bienvenida a nuestro buen amigo don Miguel a la Barcelona que tanto quiso.

Y con aquellas palabras, el viejo Sempere se abandonó al recuerdo y a la memoria de aquel lejano día en que, no muy lejos de ese mismo lugar, había conocido a un joven que llevaba por nombre Miguel de Cervantes Saavedra y cuyo destino y memoria habrían de quedar unidos al suyo y al de su nombre en la noche de los tiempos...

BARCELONA, 1569

—

Eran tiempos de leyenda en los que la historia no tenía más artificio que la memoria de lo nunca acontecido y la vida no alcanzaba más ensueño que lo fugaz y pasajero. En aquellos días los aprendices de poeta portaban hierro en el cinto y cabalgaban sin conciencia ni destino soñando con versos de filo envenenado. Barcelona era por entonces villa y fortaleza mecida en el regazo de un anfiteatro de montañas sembradas de bandoleros que se ocultaba a espaldas de un mar color vino calado de luz y de piratas. A sus puertas se colgaba a ladrones y villanos para ahuyentar la codicia por lo ajeno, y entre sus murallas, que amenazaban con reventar, se batían comerciantes, sabios, cortesanos e hidalgos de toda condición y vasallaje al servicio de un laberinto de conjuras, dineros y alquimias cuya fama alcanzaba los horizontes y anhelos del mundo conocido y soñado. Se decía que allí habían derramado su sangre reyes y santos, que las palabras y el saber encontraban cobijo y que con una moneda en las manos y una mentira en los labios cualquier aventurero podría besar la gloria, acostarse con la muerte y amanecer bendito entre atalayas y catedrales para hacer nombre y fortuna.

A semejante lugar que nunca existió y de cuyo nombre estaba condenado a acordarse todos los días de su vida llegó una noche de San Juan un joven hidalgo de los de pluma y espada montando un famélico jamelgo que apenas podía sostenerse ya en pie tras varios días al galope. Portaba en sus lomos al por entonces desposeído Miguel de Cervantes Saavedra, natural de ninguna parte y de todas, y a una joven cuyo semblante se diría robado del lienzo de uno de los grandes maestros. Y se diría bien, pues fue sabido más tarde que la muchacha llevaba por nombre Francesca di Parma y había conocido la luz y la palabra en la Ciudad Eterna hacía apenas diecinueve primaveras.

Quiso el destino que el escuálido jumento, concluido su heroico trote y rezumando espumarajos por el hocico, se desplomase exánime a pocos pasos de las puertas de Barcelona y que los dos amantes, pues tal era su secreta condición, anduvieran bajo un cielo sangrado de estrellas por las arenas de la playa hasta alcanzar el confín de las murallas y, viendo el aliento de mil hogueras alzándose en el cielo y tiñendo la noche de cobre líquido, decidieran buscar fonda y refugio en aquel lugar que semejaba un palacio de tinieblas construido sobre la mismísima fragua de Vulcano.

En similares pero menos floridos términos fue referido más tarde el episodio de la llegada a Barcelona de don Miguel de Cervantes y su amada Francesca al notable facedor de libros, don Antoni de Sempere, con taller y domicilio junto a la puerta de Santa Ana, por un mozo cojuelo de humildes trazas, imponente nariz y vivo ingenio llamado Sancho Fermín de la Torre que, reconociendo la necesidad de los recién llegados, se ofreció de buena voluntad a guiarlos a cambio de unas monedas. Fue así como la pareja encontró alojamiento y sustento en una finca lúgubre y retorcida sobre sí misma como un tronco esquivo. Y fue así como, por ventura de las artes de Sancho y a espaldas del destino, el facedor de libros trabó conocimiento con el joven Cervantes, con quien le uniría una profunda amistad hasta el fin de sus días.

Poco saben los estudiosos de las circunstancias que precedieron a la llegada de don Miguel de Cervantes a la ciudad de Barcelona. Los iniciados en tales materias refieren que muchas penurias y miserias habían precedido a aquel momento en la vida de Cervantes y que muchas más, desde batallas a injustas condenas y prisión o la virtual pérdida de una mano en combate, le esperaban antes de poder gozar de escasos años de paz en el ocaso de su vida. Fueran cuales fuesen los entresijos del destino que le habían llevado hasta allí, en virtud de lo que pudo colegir el ufano Sancho, un gran agravio y una mayor amenaza le pisaban los talones.

Sancho, hombre afín a los relatos de cálidos amoríos y a autos sacramentales de recia moraleja, alcanzó a inferir que en el corazón de tamaña intriga debía de obrar como fulcro y cascabel la presencia de aquella joven de belleza y encantos sobrenaturales que llevaba por nombre Francesca. Era su piel un aliento de luz, su voz un suspiro que hacía palpitar los corazones, y su mirada y sus labios una promesa de placeres cuya glosa escapaba a la métrica del pobre Sancho, a quien el embrujo que insinuaban las formas que se dibujaban bajo aquellas ropas de seda y encaje alteraban pulso y razón. Determinó así Sancho que con toda probabilidad el joven poeta, habiendo bebido de aquel veneno celestial, estaba más allá de toda salvación porque no podía haber hombre cabal bajo el cielo que no hubiese vendido su alma, su montura y sus estribos por un instante de asueto en brazos de aquella sirena.

—Amigo Cervantes, no corresponde a un triste palurdo como yo decirle a vuecencia que rostro y hechura semejante nublan la razón de cualquier varón en estado respiratorio, pero la nariz, que tras la tripa es mi órgano más sagaz, me lleva a pensar que de donde fuere que haya usted sustraído tamaña pieza de mujerío no se lo van a perdonar y que no hay mundo suficiente donde ocultar una Venus de tan delicioso calibre —aseveró Sancho.

Huelga decir que en pos del drama y la puesta en escena, el verbo y la musicalidad del palabrerío del buen Sancho han sido recompuestos y estilizados por la pluma de este, vuestro humilde y seguro narrador, pero que la esencia y la sabiduría de su juicio restan incólumes y sin adulterar.

—Ay, amigo mío, si yo le contara... —suspiró un Cervantes azorado.

Y contar hizo, pues corría en sus venas el vino de la narración y había querido el cielo que fuera su práctica el contarse primero a sí mismo las cosas del mundo para poder entenderlas y luego contárselas a los demás, vestidas en la música y la luz de la literatura, porque intuía que si la vida no era un sueño era al menos pantomima donde el cruel absurdo del relato fluía siempre entre bambalinas, y no había entre cielo y suelo venganza mayor ni más efectiva que el esculpir la belleza y el ingenio a golpe de palabras para encontrar el sentido en el sinsentido de las cosas.

El relato de cómo había llegado a Barcelona huyendo de tremendos peligros y cuál era el origen y naturaleza de aquella prodigiosa criatura llamada Francesca di Parma fue referido por don Miguel de Cervantes siete noches después. A instancias de Cervantes, Sancho le había puesto en contacto con Antoni de Sempere, pues al parecer el joven poeta había compuesto una obra dramática, una suerte de romance de embrujos, sortilegios y pasiones desatadas, que deseaba ver consagrado al papel.

—Es vital que vea impresa mi obra antes de la próxima luna, Sancho. Mi vida y la de Francesca dependen de ello.

—¿Cómo puede depender la vida de alguien de un hatajo de versos y de la conjunción de la luna, maestro?

—Créeme, Sancho. Que sé lo que me digo.

Sancho, que secretamente no creía en más poesías o astronomías que las que prometía el buen yantar y un generoso revolcón en la paja con una moza de disposición mullida y risa fácil, confió en las palabras de su patrón e hizo los oficios para propiciar el encuentro. Dejaron a la bella Francesca dormir el sueño de las ninfas en sus aposentos y salieron al anochecer. Se habían citado con Sempere en un mesón que quedaba a la sombra de la gran catedral de los pescadores, la llamada basílica de Santa María del Mar, y allí, en un rincón a la luz de candiles, departieron un buen vino y una hogaza de pan con tocino salado. La parroquia la formaban pescadores, piratas, asesinos e iluminados. Risas, riñas y espesas nubes de humo flotaban en la penumbra áurea del bodegón.

—Cuéntele a don Antoni lo de su comedia —animó Sancho.

—En realidad es una tragedia —matizó Cervantes.

—¿Y cuál es la diferencia, si disculpa el maestro mi supina ignorancia de los finos géneros líricos?

—La comedia nos enseña que la vida no hay que tomarla en serio y la tragedia nos enseña lo que pasa cuando no hacemos caso de lo que la comedia nos enseña —explicó Cervantes.

Sancho asintió sin pestañear y remató la faena prodigando una dentellada feroz al tocino.

—Qué grande es la poesía —murmuró.

Sempere, magro de encargos en aquellos días, escuchaba al joven poeta, intrigado. Cervantes portaba un fajo de folios en un cartapacio que mostró al facedor de libros. Este los examinó con atención, deteniéndose a leer al vuelo algunos giros y frases del texto.

—Aquí hay trabajo para varios días...

Cervantes extrajo una bolsa del cinto y la dejó caer sobre la mesa. De la bolsa asomaban un puñado de monedas. Tan pronto el vil metal relució a la llama de las velas, Sancho procedió a ocultarlo con gesto angustiado.

—Por Dios, maestro, no enseñe estas finas viandas por aquí que estos lares rebosan rufianes y matarifes que le cortarían a usted y a nosotros el gaznate solo por olfatear el perfume que estos doblones desprenden.

—Sancho dice bien, amigo mío —confirmó Sempere, escrutando a la concurrencia con la mirada.

Cervantes ocultó los dineros y suspiró.

Sempere le sirvió otro vaso de vino y procedió a examinar los folios del poeta con más detalle. La obra, una tragedia en tres actos y una epístola, según su autor, llevaba por título *Un Poeta en los Infiernos* y narraba los trabajos de un joven artista florentino que de la mano del espectro de Dante se adentra en las simas del averno para rescatar el alma de su amada, hija de una familia de nobles crueles y corruptos que la habían vendido al príncipe de las tinieblas a cambio de fama, fortuna y gloria en el mundo finito y terrenal. La escena final tenía lugar en el interior del Duomo, donde el héroe debía arrancar de las garras de un ángel de luz y fuego el cuerpo exánime de su pretendida.

Sancho pensó que aquello sonaba a siniestro romance de títeres, pero no dijo nada porque intuía que en aquellos menesteres los letraheridos tenían la piel fina y no encajaban con gusto la réplica.

—Cuénteme cómo llegó usted a componer esta obra, amigo mío —invitó Sempere.

Cervantes, que ya llevaba por entonces tres o cuatro vasos de vino entre pecho y espalda, asintió. Saltaba a la vista que deseaba descargar su conciencia del secreto que arrastraba.

—No tema, amigo mío, que Sancho y yo guardaremos su secreto, sea cual sea.

Sancho alzó su copa de vino y brindó por tan noble sentimiento.

—La mía es la historia de una maldición —empezó Cervantes, dudando.

—Como la de todos los aprendices de poeta —dijo Sempere—. Prosiga.

—Es la historia de un hombre enamorado.

—Lo dicho. Pero no tema, que son las favoritas del público —aseguró Sempere.

Sancho asintió repetidamente.

—El amor es la única piedra que siempre tropieza con el mismo hombre —convino—. Y espere usted a ver a la moza en cuestión, Sempere —apuntó reprimiendo un regüeldo—. De las que solidifican el espíritu.

Cervantes le clavó una mirada de censura.

—Discúlpeme el caballero —ofreció Sancho—. Es este vinillo ruin, que habla por mí. La virtud y pureza de la dama son a todas luces irrefutables y quiera Dios que se desplome el cielo sobre mi hueca cabeza si en algún momento albergué pensamiento impuro al respecto.

Los tres contertulios alzaron la vista brevemente al techo de la bodega, y a la vista de que el creador no estaba de guardia y no se produjo percance alguno, sonrieron y alzaron sus vasos para brindar por la feliz ocasión de su encuentro. Y fue así como el vino, que hace sinceros a los hombres cuando menos lo necesitan y les da valor cuando deberían permanecer cobardes, persuadió a Cervantes a narrar la historia dentro de la historia, aquello que los asesinos y los locos llaman la verdad.

Dice el proverbio que un hombre debe caminar mientras todavía tiene piernas, hablar mientras todavía tiene voz y soñar mientras todavía conserva la inocencia, porque tarde o temprano ya no podrá mantenerse en pie, ya no tendrá aliento y no anhelará más sueño que la noche eterna del olvido. Con estas palabras por alforja, una orden de busca y captura a su nombre a consecuencia de un duelo acontecido en turbias circunstancias, y con el fuego de los pocos años en las venas, partió de la villa de Madrid un día del año de Nuestro Señor 1569 el joven Miguel de Cervantes rumbo a las legendarias ciudades de Italia en busca de los prodigios, la belleza y la ciencia que quienes las conocían aseguraban que poseían en mayor medida y gracia que ningún otro lugar que pudiera encontrarse en los mapas de reino. Muchas fueron las aventuras y desventuras que allí le sucedieron, pero de todas ellas, la mayor fue la de cruzar su destino con aquella criatura de luminosidad imposible que llevaba por nombre Francesca y en cuyos labios conoció cielo e infierno y en cuyo anhelo sellaría por siempre su destino.

Tenía apenas diecinueve años y ya había perdido toda esperanza en la vida. Era la última hija de una familia ruin y desheredada que malvivía en un caserón colgante sobre las aguas del río Tíber en la milenaria ciudad de Roma. Sus hermanos, patanes trapaceros de mala sangre, holgazaneaban y perpetraban hurtos y crímenes de poca monta con los que apenas conseguían llevarse un mendrugo a la boca. Sus padres, dos ancianos prematuros que afirmaban haberla concebido en el otoño de sus miserias, no eran sino un par de mezquinos farsantes que habían encontrado a la pequeña Francesca llorando en el regazo todavía tibio de su verdadera madre, una muchacha sin nombre que había muerto dando a luz a la criatura bajo los arcos del antiguo puente del castillo de Sant'Angelo.

Dudando en lanzar a la criatura al río y llevarse tan solo la medalla de cobre que su madre llevaba al cuello, el par de rufianes reparó en la prodigiosa perfección del bebé y decidieron quedárselo, pues a buen seguro podrían encontrar un buen precio por semejante dádiva entre las familias más refinadas de los escalones pudientes de la corte. A medida que pasaban los días, las semanas y los meses, su codicia fue en aumento, pues la pequeña se revelaba día a día como una criatura de tal belleza y encanto que en las mentes de sus captores su valor y cotización no podía sino ir al alza. Cuando había cumplido los diez años, un poeta florentino de paso por Roma la vio un día acercarse a recoger agua al río, no muy lejos de donde había nacido y también perdido a su madre, y al enfrentar el embrujo de su mirada le dedicó unos versos allí mismo y le entregó el que habría de ser su nombre, Francesca, pues su familia adoptiva no se había molestado en otorgarle uno. Creció así Francesca hasta florecer en una mujer de perfumes exquisitos y presencia que detenía las conversaciones y paraba el tiempo. Por aquel entonces tan solo la infinita tristeza de su mirada empañaba la estampa de una belleza que escapaba a las palabras.

Pronto artistas de toda Roma empezaron a ofrecer

suculentas sumas a sus padres y explotadores para poder utilizarla como modelo para sus obras. Al verla tenían la certeza de que si alguien con talento y oficio era capaz de retener sobre el lienzo o el mármol apenas una décima parte de su embrujo, pasaría a la posteridad como el mayor artista de la historia. La puja por sus servicios no cesaba, y los antiguos pordioseros vivían ahora en un esplendor de nuevas riquezas, paseándose en vistosas y estridentes carrozas de cardenal, vistiendo sedas de colores y untándose las vergüenzas con perfumes con los que camuflar la ignominia que recubría sus corazones.

Llegada su mayoría de edad, y temiendo perder el tesoro que había fundamentado su fortuna, los padres de Francesca decidieron ofrecerla en matrimonio. En contra de la práctica de ofrecer una dote como correspondía a la familia de la novia según el uso de la época, su osadía los llevó a solicitar un pago sustantivo a cambio de otorgar la mano y el cuerpo de la doncella al mejor postor. Una puja sin precedentes tuvo lugar, de la cual salió ganador uno de los más célebres y renombrados artistas de la ciudad, don Anselmo Giordano. Giordano era ya por entonces un hombre en el último soplo de la madurez, cuerpo y alma castigados por décadas de exceso, y corazón envenenado de codicia y envidia porque pese a todos los parabienes, fortuna y alabanzas que su obra había cosechado, su sueño secreto era que su nombre y su reputación sobrepasaran las de Leonardo.

El gran Leonardo llevaba ya cinco décadas muerto, pero Anselmo Giordano nunca había podido olvidar, ni perdonar, el día en que, siendo apenas un adolescente, había acudido al taller del maestro para ofrecerse como aprendiz. Leonardo examinó algunos de los bocetos que traía y tuvo palabras amables para él. El padre del joven Anselmo era un banquero de renombre a quien Leonardo debía uno o dos favores y el muchacho estaba convencido de que su puesto en el taller del mayor artista de su tiempo estaba asegurado. Cuál sería su sorpresa cuando Leonardo, no sin tristeza, le dijo que reconocía en su trazo algo de talento, pero no el suficiente para hacerle diferente de mil y un aspirantes como él que nunca llegarían a rozar la medianía. Le dijo que tenía algo de ambición, pero no la suficiente para distinguirle de tantos aprendices que nunca serían capaces de sacrificar lo que era necesario para merecer la luz de la verdadera inspiración. Y por fin le dijo que tal vez podría adquirir algo de oficio, pero nunca el suficiente como para que mereciese la pena dedicar su vida a una profesión donde solo los genios conseguían malvivir.

—Joven Anselmo —le dijo Leonardo—, no le entristezcan mis palabras, sino vea en ellas una bendición, pues la posición de su gentil progenitor hará de usted un hombre rico de por vida que no tendrá que luchar con el pincel y el cincel por su sustento. Será usted un hombre afortunado, será usted un hombre querido y respetado por sus conciudadanos, pero lo que nunca será, aunque tuviese todo el oro del mundo, es un genio. Hay pocos destinos más crueles y amargos que el de un artista mediocre que pasa la vida envidiando y maldiciendo a sus competidores. No malgaste su vida en un destino aciago. Deje que el arte y la belleza los creen otros que no tienen más remedio. Y con el tiempo aprenda a perdonar mi sinceridad, que hoy le duele, pero mañana, si la acepta de buena voluntad, le salvará de su propio infierno.

Con estas palabras despachó el maestro Leonardo al joven Anselmo, que habría de vagar horas en llanto de rabia por las calles de Roma. Cuando regresó a la casa de su padre le anunció que no deseaba estudiar con Leonardo, a quien no consideraba más que un farsante que fabricaba obras vulgares para una masa de ignorantes que no sabían apreciar el verdadero arte.

—Yo seré un artista puro, solo para aquellos elegidos que puedan entender la profundidad de mi empeño.

Su padre, hombre paciente y, como todos los banqueros, mejor conocedor de la naturaleza humana que el más sabio de los cardenales, le abrazó y le dijo que no temiese, que nunca le faltaría nada, ni sustento, ni admiradores, ni elogios para su obra. El banquero, antes de morir, se aseguró de que así fuese.

Anselmo Giordano nunca perdonó a Leonardo, porque un hombre es capaz de perdonarlo todo menos que le digan la verdad. Cincuenta años más tarde, su odio y su deseo de ver desacreditado al falso maestro eran mayores que nunca.

Cuando Anselmo Giordano oyó la leyenda de la joven Francesca en voz de poetas y pintores, envió a sus sirvientes con una bolsa de monedas de oro al domicilio de la familia y solicitó su presencia. Los padres de la joven, engalanados como monas de circo en visita a la corte de Mantua, se presentaron en casa de Giordano escoltando a la joven, que vestía apenas unos humildes harapos. Al posar el artista sus ojos sobre ella sintió que el corazón le daba un vuelco. Todo cuanto había oído era cierto y más. No existía ni había existido en la tierra semejante belleza, y supo, como solo lo puede saber un artista, que su encanto no provenía como todos creían de aquella piel y aquel cuerpo cincelado, sino de la fuerza y de la luminosidad que emanaba de su interior, de sus ojos tristes y desolados, de sus labios acallados por el destino.

Tal fue la impresión que causó Francesca di Parma en el maestro Giordano que tuvo la certeza de que no podía dejarla escapar, que no podía permitir que posara para ningún otro artista y que aquella maravilla de la naturaleza solo podía ser suya y de nadie más. Solo así conseguiría crear una obra que le ganase el favor de las gentes por encima de la del deleznable y abyecto Leonardo. Solo así su reputación y su fama excederían las del difunto Leonardo, cuyo nombre ya no tendría que molestarse en despreciar en público, porque una vez que alcanzase la cima sería él quien podría permitirse ignorarlo y pretender que su obra nunca había existido más que como pábulo de palurdos e ignorantes. En aquel instante formalizó Giordano una oferta que rebasó los más áureos sueños del par de miserables que se decían padres de Francesca. La boda, a celebrarse en la capilla del palacio de Giordano, habría de tener lugar a la semana. Francesca no pronunció palabra alguna durante la transacción.

Siete días más tarde, el joven Cervantes andaba vagando por la ciudad en busca de inspiración cuando el séquito que acompañaba una gran carroza dorada se abrió camino entre el gentío. Al cruzar la Via del Corso, la procesión se detuvo un instante y fue entonces cuando la vio. Francesca di Parma, enfundada en las más delicadas sedas que los artesanos florentinos habían tejido, lo contemplaba en silencio desde la ventana de la carroza. Fue tal la profundidad de la tristeza que leyó en su mirada, tal la fuerza de aquel espíritu robado al que conducían a su prisión, que Cervantes sintió que le invadía la fría certeza de que, por primera vez en su vida, había encontrado la línea de su verdadero destino en el rostro de una desconocida.

Al ver alejarse el cortejo, Cervantes preguntó quién era aquella criatura y las gentes que pasaban le refirieron la historia de Francesca di Parma. Al escucharles recordó que había oído habladurías y rumores sobre ella, pero no les había dado crédito y los había atribuido a la calenturienta fabulación de los dramaturgos locales. Sin embargo, era cierta la leyenda. La belleza sublime se había encarnado en una muchacha sencilla y humilde y, como podía esperarse, las gentes no habían hecho sino asegurar su desgracia y humillación. Quiso el joven Cervantes seguir el cortejo hasta el palacio de Giordano, pero le faltó fuerza. A sus ojos la fiesta y el jolgorio eran una música funesta, y cuanto veía no le parecía más que la tragedia de la destrucción de la pureza y la perfección a manos de la codicia, la miseria y la ignorancia de los hombres.

Partió rumbo a su albergue, contracorriente de la muchedumbre que deseaba seguir las nupcias extramuros del palacio del célebre artista, invadido por una tristeza casi tan grande como la que había conocido en la mirada de la muchacha sin nombre. Aquella misma noche, mientras el maestro Giordano retiraba del cuerpo de Francesca di Parma las sedas que lo envolvían y acariciaba cada centímetro de su piel con incredulidad y lujuria, la casa de la antigua familia de la joven, construida en un atrevido emplazamiento sobre el Tíber, no pudiendo soportar el peso de los tesoros y oropeles acumulados a su costa, se vino abajo en las aguas heladas del río con todos los integrantes del clan atrapados en su interior, a los que nadie volvería a ver.

No muy lejos de allí, a la luz de un candil, Cervantes, incapaz de conciliar el sueño, enfrentaba papel y tinta para escribir sobre cuanto había presenciado aquel día. Las manos y el verbo le flaquearon cuando intentó describir la impresión que le había causado el cruzar la mirada con la doncella Francesca en aquel breve instante en la Via del Corso. Todo el arte que creía poseer se desmenuzó a pie de pluma y ni una sola palabra quedó prendida en la página. Se dijo entonces que si por ventura pudiera llegar a ser capaz de capturar en su literatura apenas una décima parte de la magia de aquella presencia, su nombre y su reputación se elevarían entre los de los más grandes poetas de la historia y haría de él un rey entre narradores, un príncipe de Parnaso cuya luz iluminaría el paraíso perdido de la literatura y, de paso, borraría de la faz de la tierra la odiosa reputación del pérfido dramaturgo Lope de Vega, a quien la fortuna y la gloria no cesaban de sonreír y quien cosechaba éxitos sin precedente desde su primera juventud, mientras que él apenas conseguía pergeñar un verso que no avergonzase el papel sobre el que lo había escrito. Instantes después, al reconocer la negrura de su anhelo, sintió vergüenza de su vanidad y de la insana envidia que le carcomía y se dijo que no era mejor hombre que el viejo Giordano, que en aquellos instantes debía de estar lamiendo la miel prohibida con sus labios de embustero y explorando los secretos robados a golpe de doblón con manos temblorosas y sucias de infamia.

En su infinita crueldad, intuyó, Dios había abandonado la belleza de Francesca di Parma en manos de los hombres para recordarles la fealdad de sus almas, la miseria de sus empeños y la inquina de sus deseos.

Pasaron los días sin que el recuerdo de aquel breve encuentro se borrase de su memoria. Cervantes trataba de trabajar en su escritorio y conjugar las piezas de un drama que pudiera dar satisfacción al público y capturar su imaginación como los que componía Lope sin aparente esfuerzo, pero cuanto su mente era capaz de evocar era la pérdida que la imagen de Francesca di Parma había plantado en su corazón. Por cuentas del drama que se había propuesto componer, su pluma alumbraba página tras página de un turbio romance a través de cuyos versos intentaba rehacer la historia perdida de la muchacha. En su relato, Francesca no tenía memoria y era una página en blanco; su personaje, un destino por escribir que solo él podía fabular, una promesa de pureza que le devolvería la voluntad de creer en algo limpio e inocente en un mundo de mentiras y engaños, de mezquindad y condena. Pasaba las noches en vela azotando la imaginación y tensando las cuerdas del ingenio hasta la extenuación y aun así, al alba, releía sus folios y los entregaba al fuego porque sabía que no merecían compartir la luz del día con la criatura que los había inspirado y que se consumía lentamente en la cárcel que Giordano, a quien nunca había visto pero ya detestaba con todo su ser, había construido para ella entre los muros de su palacio.

Los días se apilaban en semanas y las semanas en meses, y pronto hubo pasado medio año desde la boda entre don Anselmo Giordano y Francesca di Parma sin que nadie en toda Roma los hubiese vuelto a ver. Se sabía que los mejores mercaderes de la ciudad hacían entrega de provisiones a las puertas de palacio y eran recibidos por Tomaso, el criado personal del maestro. Se sabía que el taller de Antonio Mercanti proveía semanalmente de lienzos y materiales para el trabajo del maestro. Pero ni un alma podía decir que hubiese visto en persona al artista o a su joven esposa. El día en que se cumplían seis meses de la alianza, Cervantes se encontraba en las dependencias de un afamado empresario teatral que regentaba varios de los grandes escenarios de la ciudad y que siempre estaba a la búsqueda de nuevos autores con talento, hambre y disposición a trabajar por una limosna. Merced a la recomendación de varios colegas, Cervantes había conseguido una audiencia con don Leonello, un extravagante gentilhombre de maneras ampulosas y nobles vestiduras que coleccionaba frascos de cristal sobre su escritorio con las supuestas secreciones íntimas de grandes cortesanas cuya virtud había cosechado en flor, y llevaba un pequeño broche en forma de ángel en la solapa. Leonello le hizo permanecer de pie mientras leía por encima las páginas del drama, fingiendo aburrimiento y desdén.

—*Un Poeta en los Infiernos* —murmuraba el empresario—. Está ya visto. Otros han contado esta historia antes que usted, y mejor. Lo que yo busco, digamos, es innovación. Valentía. Visión.

Cervantes sabía por experiencia que quienes dicen buscar esas nobles virtudes en el arte son quienes normalmente resultan más incapaces de reconocerlas, pero también sabía que un estómago vacío y un bolsillo ligero restan argumentos y retórica al más pintado. Si algo le decía su instinto era que Leonello, que lucía aspecto de zorro viejo, en todo caso se sentía perturbado por la naturaleza del material que le había traído.

—Lamento haber hecho perder el tiempo de su señoría...

—No tan rápido —cortó Leonello—. He dicho que está visto, pero no que sea, digamos, excrementicio. Tiene usted algo de talento, pero le falta oficio. Y lo que no tiene es, digamos, gusto. Ni sentido de la oportunidad.

—Le agradezco su generosidad.

—Y yo el sarcasmo, Cervantes. Ustedes los españoles sufren de exceso de orgullo y de defecto de constancia. No se rinda tan pronto. Aprenda de su compatriota Lope de Vega. Genio y figura, como dicen ustedes.

—Lo tendré en cuenta. ¿Ve entonces su excelencia alguna posibilidad de aceptar mi obra?

Leonello rio de buena gana

—¿Acaso vuelan los gorrinos? Nadie quiere ver, digamos, dramas desesperanzados que le vengan a contar que el corazón de los hombres está podrido y que el infierno es uno mismo y el prójimo, Cervantes. La gente va al teatro a reír, a llorar y a que le recuerden lo buena y noble que es. Usted todavía no ha perdido la ingenuidad y cree que tiene, digamos, la verdad por contar. Se le curará con los años, o eso espero, porque no me gustaría verle en la hoguera o pudriéndose en un calabozo.

—Entonces no cree que mi obra pueda interesar a nadie...

—No he dicho eso. Digamos que conozco a quien tal vez sí podría estar interesado.

Cervantes sintió que se le aceleraba el pulso.

—Qué previsible es el hambre —suspiró Leonello.

—El hambre, a diferencia de los españoles, no tiene orgullo y rebosa constancia —ofreció Cervantes.

—¿Lo ve? Tiene usted algo de oficio. Sabe dar la vuelta a una sentencia y construir una línea, digamos, dramática de réplica. Es de principiante, pero más de un patán con obras en escena no sabe ni escribir un mutis por el foro...

—¿Puede usted ayudarme entonces, don Leonello? Puedo hacer lo que sea y aprendo rápido.

—No me cabe duda de ello...

Leonello le observaba, dudando.

—Cualquier cosa, excelencia. Se lo ruego...

—Hay algo que quizá pudiera interesarle. Pero tiene sus, digamos, riesgos.

—El riesgo no me asusta. No más que la miseria, al menos.

—En ese caso... conozco a cierto caballero con el que tengo un, digamos, acuerdo. Cuando se tropieza en mi camino una joven promesa con cierto potencial como, digamos, usted, se lo envío y él, digamos, me lo agradece. A su manera.

—Soy todo oídos.

—Eso es lo que me preocupa... Se da la circunstancia de que el caballero en cuestión está, digamos, de paso en la ciudad.

—¿Es el caballero un empresario teatral como su excelencia?

—Digamos que es algo parecido. Un editor.

—Mejor aún...

—Si usted lo dice. Dispone de dependencias en París, Roma y Londres y siempre anda en busca de un tipo especial de talento. Como el suyo, digamos.

—Le agradezco enormemente el...

—No me lo agradezca. Vaya a verle y dígale que va de mi parte. Pero dese prisa. Me consta que está en la ciudad solo por unos días...

Leonello anotó un nombre en un folio y se lo tendió.

Andreas Corelli Stampa della Luce

—Le encontrará en la Locanda Borghese, al anochecer.

¿Cree usted que le interesará mi obra?

Leonello sonrió enigmáticamente.

—Buena suerte, Cervantes.

Al caer la noche Cervantes se enfundó la única muda limpia que tenía y se encaminó a la Locanda Borghese, una villa rodeada de jardines y canales que quedaba no muy lejos del palacio de don Anselmo Giordano. Un sirviente circunspecto le sorprendió al pie de las escalinatas al anunciar que se le esperaba y que Andreas Corelli le recibiría en uno de los salones en breve. Cervantes imaginó que tal vez Leonello era más bondadoso de lo que se pintaba y había enviado una nota de recomendación a su amigo el editor en su favor. El sirviente condujo a Cervantes a una gran biblioteca oval que yacía en la penumbra y estaba caldeaba por una hoguera que proyectaba un intenso reluz ámbar que danzaba por las infinitas paredes de libros. Dos grandes sillones estaban enfrentados al fuego y Cervantes, tras dudar unos instantes, tomó asiento en uno de ellos. La danza hipnótica del fuego y su cálido aliento le envolvieron. Transcurrieron un par de minutos hasta que reparó en que no estaba solo. Una figura alta y angulosa ocupaba el otro sillón. Vestía de negro y llevaba un ángel de plata idéntico al que había visto en la solapa de Leonello aquella tarde. Lo primero en que reparó fueron sus manos, las más grandes que jamás había visto, pálidas y armadas de dedos largos y afilados. Lo segundo fueron sus ojos. Dos espejos que reflejaban las llamas y su propio rostro, que no parpadeaban nunca y que parecían alterar el dibujo de las pupilas sin que un solo músculo del rostro se moviera lo más mínimo.

—Me dice el bueno de Leonello que es usted un hombre de gran talento y poca fortuna.

Cervantes tragó saliva.

—No permita que le inquiete mi aspecto, señor Cervantes. Las apariencias no siempre engañan, pero casi siempre atontan.

Cervantes asintió en silencio. Corelli sonrió sin separar los labios.

—Me trae usted un drama. ¿Me equivoco?

Cervantes le tendió el manuscrito y pudo ver que Corelli sonreía para sí mismo al leer el título.

—Es una primera versión —aventuró Cervantes.

—Ya no —dijo Corelli, pasando páginas.

Cervantes contempló cómo el editor iba leyendo con calma, sonriendo a ratos o alzando las cejas con sorpresa. Un vaso de vino y una botella con un caldo de color exquisito parecía haberse materializado en la mesa que mediaba entre ambas butacas.

—Sírvase, Cervantes. No solo de letras malvive el hombre.

Cervantes escanció el vino en un vaso y se lo llevó a los labios. Un aroma dulce y embriagador inundó su paladar. Apuró el vino en tres sorbos y sintió un deseo irreprimible de servirse más.

—Sin pudor, amigo mío. Una copa sin vino es un insulto a la vida.

Pronto Cervantes perdió la cuenta de los vasos que había saboreado. Una grata y reconfortante somnolencia se había apoderado de él y entre párpados caídos pudo ver que Corelli seguía leyendo el manuscrito. Campanadas de medianoche se escucharon en la lejanía. Poco después, cayó el telón de un sueño profundo y Cervantes se abandonó al silencio.

Cuando abrió de nuevo los ojos, la silueta de Corelli se recortaba frente a la hoguera. El editor estaba en pie delante de las llamas, dándole la espalda y sosteniendo su manuscrito en la mano. Sintió un leve amago de náusea, el regusto dulzón del vino en la garganta, y se preguntó cuánto tiempo había transcurrido.

Algún día escribirá usted una obra maestra, Cervantes —dijo Corelli—. Pero esta no lo es.

Sin más, el editor lanzó el manuscrito al fuego. Cervantes se abalanzó hacia las llamas pero el fragor del fuego le detuvo. Contempló el fruto de su trabajo arder sin remedio, las líneas de tinta teñirse de llama azul y regueros de humo blanco recorrer las páginas como serpientes de pólvora. Desolado, se dejó caer de rodillas y cuando se volvió a Corelli vio que el editor le miraba con lástima.

—A veces un escritor necesita quemar mil páginas antes de escribir una que merezca llevar su firma. Usted apenas ha empezado. Su obra le espera en el umbral de su madurez.

—No tenía usted derecho a hacer eso...

Corelli sonrió y le ofreció la mano para ayudarle a incorporarse del suelo. Cervantes dudó, pero finalmente aceptó.

—Quiero que escriba algo para mí, amigo mío. Sin prisa. Aunque le lleve años, que se los llevará. Más de los que sospecha. Algo acorde con su ambición y con sus deseos.

—¿Qué sabe usted de mis deseos?

—Como casi todos los aspirantes a poeta, Cervantes, es usted como un libro abierto. Por eso, porque su *Poeta en los Infiernos* se me antoja un simple juego de niños, un sarampión que debe pasar, me propongo hacerle una oferta en firme. Una oferta para que escriba una obra a su altura, y a la mía.

—Ha quemado usted cuanto he podido escribir en meses de trabajo.

—Y le he hecho un favor. Ahora dígame de corazón si realmente cree que no estoy en lo cierto.

Le llevó su tiempo, pero Cervantes asintió.

—Y dígame si me equivoco al afirmar que en su corazón alberga la esperanza de crear una obra que eclipse a la de sus rivales, que empañe el nombre del tal Lope y su fecundo ingenio...

Cervantes quiso protestar, pero no le llegaban las palabras a los labios. Corelli le sonrió de nuevo.

—No tiene por qué avergonzarse de ello. Ni pensar que ese deseo hace de usted alguien como Giordano...

Cervantes alzó la vista, desconcertado.

—Por supuesto que conozco la historia de Giordano y su musa —respondió Corelli, anticipándose a su pregunta—. La conozco porque conozco al viejo maestro desde muchos años antes de que hubiese nacido usted.

—Anselmo Giordano es un miserable.

Corelli rio.

—No, no lo es. Es simplemente un hombre.

—Un hombre que merece pagar por sus crímenes.

—¿Usted cree? No me diga que también se va a batir en duelo con él.

Cervantes palideció. ¿Cómo podía saber el editor que había abandonado la villa de Madrid meses atrás huyendo de una orden de captura a raíz de un duelo en el que había participado?

Corelli se limitó a sonreírle con malicia y le señaló con un dedo acusador.

—¿Y qué crímenes son esos que atribuye al infeliz de Giordano, amén de su propensión a pintar escenas bucólicas de cabras, vírgenes y pastorcillos a gusto de comerciantes y obispos, y madonas de busto turgente que alegran la vista de feligreses en plena oración?

—Raptó a esa pobre muchacha y la mantiene presa en su palacio para satisfacer su codicia y su vileza. Para esconder su falta de talento. Para borrar su vergüenza.

—Que rápidos son los hombres en juzgar a sus semejantes por aquellas acciones que ellos mismos acometerían si la oportunidad se presentase...

—Yo nunca haría lo que él ha hecho.

—¿Está seguro?

—Absolutamente.

—¿Se atrevería a ponerse a prueba?

—No le entiendo...

—Dígame, señor Cervantes. ¿Qué sabe usted acerca de Francesca di Parma? Y no me regale con el poema de la doncella deshonrada y su cruenta infancia. Ya me ha demostrado que domina los rudimentos del teatro...

—Solo sé... que no merece vivir en una prisión.

—¿Es quizá por su belleza? ¿Acaso eso la ennoblece?

—Por su pureza. Por su bondad. Por su inocencia.

Corelli se relamió los labios.

—Aún está usted a tiempo de abandonar las letras y abrazar el sacramento del sacerdocio, amigo Cervantes. Mejor sueldo, aposentos y ni que decir tiene comidas calientes y abundantes. Hay que tener mucha fe para ser poeta. Más de la que profesa usted.

—Se ríe usted de todo.

—Solo de usted, Cervantes.

Cervantes se incorporó e hizo ademán de dirigirse hacia la puerta.

—Entonces le dejaré a solas para que ría a gusto vuesa merced.

Iba Cervantes a alcanzar la puerta de la sala cuando esta se cerró en sus mismas narices con tal fuerza que le derribó al suelo. Apenas acertaba a incorporarse cuando descubrió que Corelli estaba inclinado sobre él, dos metros de figura angulosa que parecía a punto de abalanzarse sobre sí y despedazarle.

—Levántese —ordenó.

Cervantes obedeció. Los ojos del editor parecían haber cambiado. Dos grandes pupilas negras se expandían sobre su mirada. Nunca había sentido tanto miedo. Dio un paso atrás y se encontró con la pared de libros.

—Le voy a dar una oportunidad, Cervantes. Una oportunidad de llegar a ser usted mismo y dejar de vagar por los caminos que le conducirían a vivir vidas que no son la suya. Y como en toda oportunidad, la elección final será suya. ¿Acepta mi oferta?

Cervantes se encogió de hombros.

—Mi oferta es esta. Escribirá usted una obra maestra, pero para hacerlo deberá usted perder lo que más ama. Su obra será celebrada, envidiada e imitada por los tiempos de los tiempos, pero en su corazón se abrirá un vacío mil veces mayor que el de la gloria y la vanidad de su ingenio porque solo entonces comprenderá la verdadera naturaleza de sus sentimientos y solo entonces sabrá si es usted o no un hombre, como cree, mejor que Giordano y todos los que, como él, han caído antes de rodillas ante su propio reflejo al aceptar este desafío... ¿La acepta?

Cervantes intentó desviar la mirada de los ojos de Corelli.

—No le oigo.

—La acepto —se oyó decir.

Corelli le ofreció la mano y Cervantes la estrechó. Los dedos del editor se cerraron sobre los suyos como una araña y sintió en el rostro el aliento frío de Corelli que olía a tierra removida y flores muertas.

Cada domingo, a medianoche, Tomaso, el criado de Giordano, abre el portón que da al callejón que queda oculto entre la arboleda al este del palacio y parte en busca de un frasco de tónico que el curandero Avianno confecciona para él con especias y agua de rosas y con el que quiere creer que puede recuperar el brío de la juventud. Esa es la única noche de la semana que los sirvientes y los escoltas del maestro tienen libre y el nuevo turno no llega hasta el amanecer. Durante la media hora que el criado está fuera, la puerta queda abierta y nadie custodia el palacio...

—¿Y qué espera de mí? —balbuceó Cervantes.

—La cuestión es qué espera usted de sí mismo, señor mío. ¿Es esta la vida que desea vivir? ¿Es este el hombre que desea ser?

Las llamas de la hoguera parpadeaban y se apagaban, las sombras avanzaban sobre los muros de la biblioteca como manchas de tinta derramada y envolvían a Corelli. Cuando Cervantes quiso responder, ya estaba solo.

Aquel domingo a medianoche, Cervantes esperaba oculto entre los árboles que flanqueaban el palacio de Giordano. No habían acabado de sonar las campanadas de madrugada cuando, tal y como había predicho Corelli, se abrió una pequeña puerta lateral y la silueta encorvada del viejo sirviente del artista echó a caminar pasaje abajo. Cervantes esperó a que su sombra se hubiese perdido en la noche y se deslizó hasta la puerta. Posó la mano en la manija y presionó. Tal y como había anunciado Corelli, la puerta se abrió. Cervantes dio un último vistazo al exterior y, creyendo no haber sido avistado, entró. Tan pronto cerró la puerta a su espalda comprobó que le rodeaba una oscuridad absoluta y maldijo su escaso sentido común al no haber traído una vela o un farol con el que guiarse. Palpó los muros, húmedos y resbaladizos como las entrañas de una bestia, y avanzó a tientas hasta tropezar con el primer peldaño de lo que parecía una escalinata en espiral. Ascendió despacio y al poco un leve aliento de claridad perfiló un arco de piedra que conducía a un gran corredor. El suelo del pasillo estaba tramado con grandes rombos blancos y negros de mármol, al uso de un tablero de ajedrez. Como un peón que avanzase furtivamente por la jugada, Cervantes se encaminó hacia el interior del gran palacio. No había recorrido siquiera todo el trayecto de aquella galería cuando empezó a advertir los marcos y lienzos abandonados junto a las paredes, tirados por el suelo y trazando lo que se antojaban los restos de un naufragio que se esparcían por todo el palacio. Cruzó frente al umbral de cámaras y salones donde los retratos inacabados estaban apilados en estantes, mesas y sillas. Una escalera de mármol que ascendía a los pisos superiores estaba anegada de lienzos quebrados, algunos con restos de la furia con que su autor los había destruido. Al alcanzar el atrio central, Cervantes se encontró al pie de un gran haz de luz lunar vaporosa que se filtraba desde la cúpula que coronaba el palacio, donde revoloteaban palomas que proyectaban el eco de sus alas por pasillos y habitaciones en estado de ruina. Se arrodilló ante uno de los retratos y reconoció el rostro desdibujado en el lienzo, una semblanza inacabada, como todas, de Francesca di Parma.

Cervantes miró a su alrededor y vio cientos como aquella, todas descartadas, todas abandonadas. Comprendió entonces por qué nadie había vuelto a ver al maestro Giordano. El artista, en su empeño desesperado por recuperar la inspiración perdida y capturar la luminosidad de Francesca di Parma, había ido perdiendo la razón con cada pincelada. Su locura había dejado un rastro de lienzos inacabados que se esparcían por todo el palacio como la piel de una serpiente.

—Hace tiempo que le esperaba —dijo la voz a su espalda.

Cervantes se volvió. Un viejo emaciado, el cabello largo y enmarañado, las ropas sucias y los ojos vidriosos y enrojecidos, le observaba sonriendo desde un rincón de la sala. Estaba sentado en el suelo, una copa y una botella de vino por toda compañía. El maestro Giordano, uno de los más famosos artistas de su tiempo, convertido en un mendigo loco en su propia morada.

—Ha venido a llevársela, ¿no es verdad? —preguntó. Cervantes no acertó a responder. El viejo pintor se sirvió otra copa de vino y la alzó en un brindis—. Mi padre construyó este palacio para mí, ¿sabía usted? Dijo que me protegería del mundo. Pero ¿quién nos protege de nosotros mismos?

—¿Dónde está Francesca? —preguntó Cervantes.

El pintor le miró largamente, saboreando el vino con gesto sardónico.

—¿De verdad cree que triunfará usted donde tantos han fracasado?

—No busco triunfo alguno, maestro. Tan solo liberar a una muchacha que no merece vivir en un lugar como este.

—Valiente nobleza la de quien se miente hasta a sí mismo —dictaminó Giordano.

—No he venido aquí a discutir con usted, maestro. Si no me dice dónde está, yo la encontraré.

Giordano apuró la copa y asintió.

—No seré yo quien le detenga, joven.

Giordano alzó la vista hacia la escalinata que ascendía en la bruma hacia la cúpula. Cervantes escrutó la penumbra y la vio. Francesca di Parma, una aparición de luz entre tinieblas, descendía despacio, su figura desnuda y descalza. Cervantes se apresuró a desprenderse de su capa y la cubrió, rodeándola con sus brazos. La infinita tristeza de su mirada se posó en él.

—Váyase el caballero de este lugar maldito mientras todavía hay tiempo —murmuró.

—Me iré, pero en su compañía.

Giordano aplaudía la escena desde su rincón.

—Soberbia escena. Los amantes a medianoche en la escalinata del cielo.

Francesca miró al viejo pintor, al hombre que la había tenido presa durante medio año, con ternura y sin asomo de rencor alguno. Giordano sonrió dulcemente, como un adolescente enamorado.

—Perdóname, amor, por no haber sido lo que tú merecías.

Cervantes quiso alejar a la joven de allí, pero ella seguía con la mirada prendida en su captor, un hombre que parecía ya en su último aliento. Giordano llenó de nuevo su copa de vino y se la ofreció.

—Un último sorbo de despedida, amor.

Francesca, deshaciendo el abrazo de Cervantes, se aproximó hasta Giordano y se arrodilló junto a él. Alargó la mano y le acarició el rostro surcado de arrugas. El artista cerró los párpados y se perdió en su contacto. Antes de partir, Francesca aceptó la copa y bebió del vino que le ofrecía. Bebió lentamente, con los ojos cerrados y sosteniendo la copa con ambas manos. Luego la dejó caer y el cristal estalló en mil pedazos a sus pies. Cervantes la sostuvo y ella se abandonó. Sin dedicarle una última mirada al pintor, Cervantes se dirigió a la puerta principal del palacio con la muchacha en sus brazos. Al salir al exterior se encontró con que los escoltas y los sirvientes le esperaban. Ninguno de ellos hizo ademán de detenerle. Uno de los guardias armados sostenía un caballo negro que le ofreció. Cervantes dudó antes de aceptar la montura. Tan pronto lo hizo, los escoltas abrieron formación y le contemplaron en silencio. Se aupó al caballo con Francesca entre sus brazos. Trotaba ya en dirección al norte cuando las llamas asomaron por la cúpula del palacio de Giordano y el cielo de Roma prendió de escarlata y ceniza. Cabalgaban de día, pasando las noches en albergues y posadas donde las monedas que Cervantes había encontrado en las alforjas del caballo les permitieron refugiarse del frío y de las sospechas.

Habrían de pasar un par de días hasta que Cervantes reparó

en el aliento con perfume de almendras en los labios de Francesca, y en los círculos oscuros que empezaban a dibujarse alrededor de sus ojos. Cada noche, cuando la muchacha le entregaba su desnudez con abandono, Cervantes sabía que aquel cuerpo se estaba evaporando en sus manos, que la copa envenenada con que Giordano había querido liberarla y liberarse a sí mismo de la maldición ardía en sus venas y la estaba consumiendo. A lo largo de su ruta se detuvieron en los mejores hostales, donde doctores y sabios la examinaron sin acertar a descubrir su mal. Francesca se apagaba de día, apenas capaz de hablar o mantener los ojos abiertos, y resurgía de noche, en la penumbra del lecho, embrujando los sentidos del poeta y guiando sus manos. Al término de su segunda semana de camino, la encontró andando bajo la lluvia frente al lago que se extendía junto al albergue donde se habían detenido a pasar la noche. La lluvia resbalaba por su cuerpo y ella, de brazos abiertos, alzaba el rostro al cielo como si esperase que las gotas perladas que cubrían su piel pudieran arrancarle el alma maldita.

—Debes abandonarme aquí —le dijo—. Olvidarme y seguir tu camino.

Pero Cervantes, que veía cómo día a día se apagaba la luz de la muchacha, se prometió que nunca le iba a decir adiós, que mientras quedase un aliento en su cuerpo lucharía por mantenerla viva. Por mantenerla suya.

Cuando cruzaron los Pirineos en dirección a la Península, en un paso junto a la costa del Mediterráneo, y pusieron rumbo a la ciudad de Barcelona, Cervantes ya había acumulado cien páginas de un manuscrito que escribía todas las noches mientras contemplaba cómo dormía atrapada en un mal sueño. Sentía que sus palabras, las imágenes y los perfumes que conjuraban su escritura eran ya el único modo de mantenerla con vida. Cada noche, cuando Francesca se rendía en sus brazos y se abandonaba al sueño, Cervantes intentaba reescribir su alma febrilmente a través de mil y una ficciones. Cuando días más tarde su montura cayó muerta cerca de las murallas de Barcelona, el drama que había compuesto estaba ya terminado y Francesca parecía haber recobrado el pulso y el color en la mirada. Había soñado despierto mientras cabalgaba que en aquella ciudad a orillas del mar hallaría refugio y esperanza, que un alma amiga le ayudaría a encontrar quien imprimiese su manuscrito, y que solo cuando las gentes leyesen su historia y se perdieran en el universo de estampas y versos que había creado, la Francesca que había forjado con papel y tinta y la muchacha que agonizaba cada noche en sus brazos se harían una y regresaría a un mundo en el que la maldición y la penuria se podrían vencer con la fuerza de las palabras y en el que Dios, donde fuera que se ocultase, le permitiría vivir otro día a su lado.

(Extracto de *Las Crónicas Secretas de la Ciudad de los Malditos*, de Ignatius B. Samson. Edición de Barrido y Escobillas Editores, S. A., Barcelona, 1924)

BARCELONA, 1569

—

Enterraron a Francesca di Parma dos días después bajo un cielo encendido que resbalaba sobre el mar en calma y prendía de luz las velas de los buques anclados en la dársena del puerto. La muchacha había expirado durante la noche en brazos de Cervantes, en la habitación que ocupaban en el último piso de un viejo edificio de la calle Ancha. El impresor Antoni de Sempere y Sancho le acompañaban en el momento en que ella abrió por última vez los ojos y, sonriéndole, murmuró «libérame».

Sempere había concluido aquella tarde la impresión de una edición de la segunda versión de *Un Poeta en los Infiernos*, un romance en tres actos obra de don Miguel de Cervantes Saavedra, y había traído con él un ejemplar para mostrárselo a su autor, que no tuvo ánimos ni para leer su nombre en la cubierta. El impresor, cuya familia poseía una pequeña parcela cerca de la antigua puerta de Santa Madrona, junto a la calle de Trenta Claus, le ofreció dar sepultura a la muchacha en aquel humilde camposanto en el que, en los peores tiempos de la Inquisición, la familia Sempere había salvado libros de la hoguera escondiéndolos en sarcófagos que habían enterrado en un amago de cementerio y santuario de libros. Cervantes, rendido de gratitud, aceptó.

Al día siguiente, tras haber prendido fuego por segunda y última vez a su *Poeta en los Infiernos* en la arena de la playa, donde algún día el bachiller Sansón Carrasco habría de derrotar al ingenioso hidalgo Alonso Quijano, Cervantes abandonó la ciudad y partió, esta vez sí, con el recuerdo y la luz de Francesca en el alma.

BARCELONA, 1610

—

Habrían de pasar cuatro décadas hasta que Miguel de Cervantes regresara de nuevo a la ciudad donde había enterrado su inocencia. Un caudal de desventuras, fracasos y penas habían jalonado el relato de sus días. Las mieles del reconocimiento, en su más misérrima y tacaña encarnación, no le habían sonreído hasta bien entrada la madurez. Y mientras que su admirado contemporáneo, el dramaturgo y aventurero Lope de Vega, había cosechado fama, fortuna y gloria desde su juventud, Cervantes no disfrutó de los laureles hasta demasiado tarde, porque el aplauso solo tiene valor cuando llega en momento de justicia. Cuando es flor marchita y tardía no es sino insulto y agravio.

Alrededor del año 1610 Cervantes podía considerarse al fin un literato célebre, aunque de modestísima fortuna, pues el vil metal le había rehuido toda su vida y no parecía dispuesto a cambiar de idea en las postrimerías de su existencia. Ironías del destino aparte, dicen los estudiosos que Cervantes fue feliz durante aquellos tres meses escasos que pasó en Barcelona en el año 1610, aunque no faltan los que dudan de que alguna vez pisara realmente la ciudad y los que se rasgarían las vestiduras ante la insinuación de que suceso alguno referido en este modesto romance apócrifo hubiera tenido lugar en cualquier momento o lugar ajeno a la decadente imaginación de algún escribiente desalmado.

Mas si hemos de conceder crédito a la leyenda y aceptar la moneda de la fantasía y el ensueño, podemos asegurar que en aquellos días Cervantes ocupaba un pequeño estudio frente a la muralla del puerto, con ventanales abiertos a la luz del Mediterráneo que no quedaban lejos de la habitación donde Francesca di Parma había fallecido en su brazos, y que cada día se sentaba allí a componer alguna de las obras que tanta fama habrían de reportarle, sobre todo más allá de las fronteras del reino que le había visto nacer. La finca donde se hospedaba era propiedad de su viejo amigo Sancho, que era ahora un próspero comerciante con una prole de seis hijos y una disposición afable que ni el trato con las vergüenzas del mundo había conseguido arrebatarle.

—¿Y qué está escribiendo, maestro? —preguntaba Sancho todos los días al verle salir a la calle—. Mi señora esposa está todavía esperando nuevas aventuras de gallardía y lanza de nuestro querido hidalgo manchego...

Cervantes se limitaba a sonreír y nunca contestaba a la pregunta. A veces, al atardecer, se acercaba al taller de impresión que el viejo Antoni de Sempere y su hijo seguían regentando en la calle de Santa Ana, junto a la iglesia. A Cervantes le gustaba pasar tiempo entre libros y páginas por armar, conversando con su amigo el impresor y evitando hablar del recuerdo que ambos mantenían vivo en la memoria.

Una noche, cuando tocaba ya la hora de dejar el taller hasta el día siguiente, Sempere envió a su hijo a casa y cerró las puertas. El impresor parecía inquieto y Cervantes sabía que algo le rondaba la cabeza a su buen amigo desde días atrás.

—El otro día apareció por aquí un caballero preguntando por usted —empezó Sempere—. Pelo blanco, muy alto, con unos ojos...

—... de lobo —completó Cervantes.

Sempere asintió.

—Usted lo ha dicho. Me dijo que era un viejo amigo suyo y que le gustaría verle si pasaba usted por la ciudad... No sabría decirle por qué, pero tan pronto se fue me asaltó una gran angustia y empecé a pensar que se trataba de alguien acerca de quien nos habló usted al buen Sancho y a mí en una infausta noche en una bodega junto a la basílica de Santa María del Mar. Huelga decir que portaba un pequeño ángel en la solapa.

—Creí que había usted olvidado aquella historia, Sempere.

—No olvido lo que imprimo.

—No se le ocurriría guardar copia, espero.

Sempere le ofreció una sonrisa tibia. Cervantes suspiró.

—¿Qué le ofreció Corelli por su ejemplar?

—Suficiente para retirarme y ceder mi negocio a los hijos de Sebastián de Cormellas y hacer así una buena obra.

—¿Y se lo vendió usted?

Por toda respuesta, Sempere se volvió, se acercó a un rincón del taller, donde se arrodilló, y, levantando unas tablas del suelo, recuperó un objeto envuelto en paños que depositó sobre la mesa frente a Cervantes.

El novelista estudió el bulto durante unos segundos y, tras recibir el asentimiento de Sempere, abrió los paños para desvelar la única copia existente de *Un Poeta en los Infiernos.*

—¿Me lo puedo llevar?

—Suyo es —repuso Sempere—. Por autoría y recibo de pago de la edición.

Cervantes abrió el libro y deslizó la mirada por las primeras líneas.

—Un poeta es la única criatura que recupera la visión con los años —dijo.

—¿Va a acudir a su encuentro?

Cervantes sonrió.

—¿Tengo elección?

Un par de días más tarde, Cervantes salió como todas las mañanas a dar un largo paseo por la ciudad pese a que Sancho le había advertido que según los pescadores amenazaba tormenta sobre el mar. La lluvia empezó a descargar con fuerza al mediodía y el cielo se cubrió de nubes negras que palpitaban con el fulgor de los relámpagos y con el estruendo de los truenos que parecían golpear los muros y amenazar con arrasar la ciudad. Cervantes entró en la catedral para resguardarse del temporal. El templo estaba desierto y el novelista tomó asiento en los bancos de una capilla lateral bañada en la calidez de cientos de velas que ardían en la penumbra. No le sorprendió cuando, sentado a su lado, encontró a

Andreas Corelli con la vista prendida en el Cristo suspendido sobre el altar.

—No pasan los años por vuesa merced —dijo Cervantes.

—Ni por su ingenio, querido amigo.

—Aunque tal vez sí por mi memoria, porque creo haber olvidado el momento en que usted y yo fuimos amigos...

Corelli se encogió de hombros.

—Ahí lo tiene, crucificado para purgar los pecados de los hombres, sin rencor, y usted no es capaz de perdonar a este pobre diablo... —Cervantes le miró con severidad—. No me diga ahora que le ofende la blasfemia.

—La blasfemia solo ofende a quien la profiere para escarnio de los demás.

—No es mi propósito hacer escarnio de usted, amigo Cervantes.

—¿Cuál es pues su propósito, *signore* Corelli?

—¿Pedirle perdón?

Un largo silencio medió entre ambos.

—El perdón no se pide con palabras.

—Lo sé. Y no son palabras lo que ofrezco.

—No se molestará usted si al oír el término »oferta» de sus labios mi entusiasmo decrece.

—¿Por qué iba a molestarme?

—Tal vez su excelencia ha enloquecido tras leer demasiados misales y ha empezado a creer que cabalga vuesa merced por este valle de tinieblas para desfacer el entuerto que aquí nuestro salvador nos dejó a todos al abandonar la nave a la deriva.

Corelli se santiguó y sonrió mostrando aquellos dientes afilados y caninos.

—Amén —sentenció.

Cervantes se incorporó y, haciendo una reverencia, se dispuso a partir.

—La compañía es grata, estimado *arcangelo*, pero en las presentes circunstancias prefiero la de rayos y truenos, y gozar en calma de la tormenta.

Corelli suspiró.

—Escuche antes mi oferta.

Cervantes se encaminó lentamente hasta la salida. La puerta de la catedral se iba cerrando poco a poco al frente.

—Ese truco ya lo he visto.

Corelli le esperaba en la penumbra del umbral, sumergido en las sombras. Solo sus ojos, encendidos al reflejo de las velas, eran visibles.

—Perdió usted una vez lo que más quería o creía querer a cambio de la posibilidad de crear una obra maestra.

—Nunca tuve elección. Mintió usted.

—La elección siempre estuvo en su mano, amigo mío. Y lo sabe.

—Abra la puerta.

—La puerta está abierta. Puede usted salir cuando guste.

Cervantes alargó la mano hacia el portón y lo empujó. El viento y la lluvia escupieron en su rostro. Se detuvo un instante antes de salir y la voz de Corelli, en la oscuridad, susurró a su oído.

—Le he echado en falta, Cervantes. Mi oferta es simple: recoja la pluma que ha abandonado y reabra las páginas que nunca debió dejar. Resucite su obra inmortal y remate las andaduras del Quijote y su fiel escudero para placer y consuelo de este pobre lector al que ha dejado usted huérfano de ingenio e invención.

—La historia está terminada, el hidalgo enterrado y mi voz agotada.

—Hágalo por mí y le devolveré la compañía de aquello que más quiso.

Cervantes contempló la tormenta espectral cabalgando sobre la ciudad a las puertas de la catedral.

—¿Lo promete?

—Lo juro. En presencia de mi Padre y Señor.

—¿Cuál es el truco esta vez?

—Esta vez no hay trucos. Esta vez, a cambio de la belleza de su creación, le entregaré aquello que usted más anhela.

Y así, sin más, partió el viejo novelista bajo la tormenta camino de su destino.

BARCELONA, 1616

—

Aquella última noche bajo las estrellas de Barcelona, el viejo Sempere y Andreas Corelli acompañaron el cortejo fúnebre a través de las angostas calles de la ciudad rumbo al camposanto particular de la familia

Sempere, donde muchos años atrás tres amigos con un secreto inconfesable habían dado sepultura a los restos mortales de Francesca di Parma. La carroza avanzaba en silencio a la lumbre de las antorchas y las gentes se hacían a un lado. Recorrieron la madeja de pasajes y plazas que conducían hasta el pequeño camposanto sellado con una verja de lanzas afiladas. Al llegar a las puertas del cementerio la carroza se detuvo. Los dos jinetes que la escoltaban se apearon y, con la ayuda del cochero, descargaron el féretro, que no llevaba inscripción ni marca ninguna. Sempere abrió las puertas del cementerio y les dio paso. Condujeron el féretro hasta la tumba abierta que esperaba bajo la luna y lo dejaron reposar en el suelo. A una señal de Corelli, los vasallos se retiraron hasta las puertas del camposanto, dejando a Sempere en compañía del editor. Se oyeron entonces unos pasos junto a la verja y al volverse Sempere reconoció al viejo Sancho, que había acudido a despedir a su amigo. Corelli asintió y los escoltas le dejaron pasar. Cuando los tres estuvieron frente al féretro, Sancho se arrodilló y besó la cubierta.

—Quisiera decir unas palabras —murmuró.

—Proceda —ofreció Corelli.

—Dios tenga en su infinita gloria a un gran hombre y mejor amigo. Y si, vista la presente concurrencia, Dios delega deberes en jerarquías de cuestionable rango, que sean el honor y la estima de sus amigos los que le acompañen en este, su último viaje al paraíso, y que no se extravíe su alma inmortal por derroteros de sulfuro y llama merced a triquiñuelas de ángel cesado, pues vive el cielo que de ser así yo mismo me pertrecharé de armadura y lanza y vendré a rescatarle por mucha planta y tramoya que la malicia que el guardián del Averno disponga poner en mi camino.

Corelli le miraba con frialdad. Sancho, si bien estaba muerto de miedo, le sostuvo la mirada.

—¿Es todo? —preguntó Corelli.

Sancho asintió, sujetándose las manos para ocultar su temblor. Sempere alzó los ojos hacia Corelli inquisitivamente. El editor se aproximó al féretro y, para sorpresa y alarma de todos, lo abrió.

El cadáver de Cervantes yacía en su interior enfundado en un hábito franciscano y con el rostro descubierto. Tenía los ojos abiertos y una mano sobre el pecho. Corelli levantó la mano de Cervantes y colocó bajo ella el libro que traía consigo.

—Amigo mío, le devuelvo estas páginas, la sublime y final tercera parte de la más grande de las fábulas que tuvo usted a bien escribir para este humilde lector que sabe que los hombres nunca podrán ser merecedores de tanta belleza. Por eso la enterramos con usted, para que la lleve al encuentro de quien durante todos estos años le ha estado esperando y con quien usted, sabiéndolo o no, siempre deseó regresar. Se cumple así su anhelo máximo, su destino y recompensa final.

Tras estas palabras, Corelli selló el féretro.

—Yacen aquí Francesca di Parma, un alma pura, y Miguel de Cervantes, luz entre poetas, mendigo entre los hombres y Príncipe de Parnaso. Descansarán en paz entre libros y palabras sin que su reposo eterno sea jamás perturbado ni conocido por el resto de los mortales. Que este lugar sea un secreto, un misterio cuyo origen y final nadie conozca. Y que viva en él por siempre el espíritu del mayor contador de historias que jamás pisó el mundo.

Años más tarde, en su lecho de muerte, el viejo Sempere habría de explicar cómo en aquel instante creyó ver que Andreas Corelli derramaba una lágrima que al golpear la tumba de Cervantes se convirtió en piedra. Supo entonces que sobre aquella roca empezaría a construir un santuario, un cementerio de ideas e invenciones, de palabras y prodigios que crecería sobre las cenizas del Príncipe de Parnaso, y que algún día albergaría la mayor de las bibliotecas, aquella en la que toda obra perseguida o despreciada por la ignorancia y la malicia de los hombres iría a parar a la espera de volver a encontrar al lector que todo libro lleva dentro.

—Amigo Cervantes —dijo al despedirse—. Bienvenido al Cementerio de los Libros Olvidados.

Este relato es un simple divertimento que juega con algunos de los elementos menos conocidos y documentados de la vida del gran escritor, en concreto su viaje a Italia en su juventud y su estancia o estancias en la ciudad de Barcelona, la única a la que se refiere repetidamente en su obra.

A diferencia de su admirado contemporáneo Lope de Vega, que cosechó un gran éxito desde sus primeros años, la de Cervantes fue una pluma tardía y con escasa recompensa y reconocimiento.Los últimos años de la vida de Miguel de Cervantes Saavedra fueron los más fértiles de su accidentada carrera literaria. Tras la publicación de la primera parte de Don Quijote de la Mancha *en 1605, quizá la obra más famosa de la historia de la literatura y la precursora de la novela moderna, un periodo de relativa calma y reconocimiento le permitió publicar en 1613 las* Novelas ejemplares *y al año siguiente* Viaje del Parnaso.

En 1615 aparece la segunda parte de El Quijote. *Miguel de Cervantes moriría al año siguiente en Madrid y sería enterrado, o eso se creyó durante años, en el convento de las Trinitarias Descalzas.*

No existe constancia de que Cervantes escribiese jamás una tercera parte de su más genial creación.

A día de hoy se desconoce con certeza dónde reposan realmente sus restos.

Barcelona, hacia 1600
Puerta de Tallers
Puerta de San Antonio
Puerta de Santa Ana
Calle del Carmen
Calle del Hospital
Puerta Ferrissa
Ramblas
Puerta del Angel
Iglesia de Santa Ana
Calle de Santa Ana
Puerta de Jonqueres
Calle Alta de San Pedro
Iglesia de Santa María del Pi
Puerta de la Boquería
Puerta de San Pablo
Calle de San Pablo
Catedral
Santa Catalina
Calle del Portal Nou
Portal Nou
Calle de Trenta Claus
Ramblas
Puerta de Trenta Claus
Iglesia de Santa María del Mar
Puerta de San Daniel
Puerta de Santa Madrona
Atarazanas
Puerta de las Atarazanas
Calle Ancha
Mar Mediterráneo

LEYENDA DE NAVIDAD

Hubo un tiempo en que las calles de Barcelona se teñían de luz de gas al anochecer y la ciudad amanecía rodeada de un bosque de chimeneas que envenenaba el cielo de escarlata. Barcelona se asemejaba por entonces a un acantilado de basílicas y palacios entrelazados en un laberinto de callejones y túneles atrapados bajo una bruma perpetua de la cual sobresalía una gran torre de ángulos catedralicios, aguja gótica, de gárgolas y rosetones en cuyo último piso residía el hombre más rico de la ciudad, el abogado Eveli Escrutx.

Cada noche su silueta podía verse perfilada tras las láminas doradas del ático, contemplando la ciudad a sus pies como un sombrío centinela. Escrutx había hecho ya fortuna en su primera juventud defendiendo los intereses de asesinos de guante blanco, financieros indianos e industriales de la nueva civilización del vapor y los telares. Se decía que las cien familias más poderosas de Barcelona le pagaban una anualidad exorbitante para contar con su consejo, y que toda suerte de estadistas y generalifes con aspiraciones de emperador hacían procesión para ser recibidos en su despacho en lo alto de la torre. Se decía que no dormía nunca, que pasaba las noches en vela contemplando Barcelona desde su ventanal y que no había vuelto a salir de la torre desde el fallecimiento de su esposa treinta y tres años atrás. Se decía que tenía el alma apuñalada por la pérdida y que detestaba todo y a todos, que no le guiaba más que el deseo de ver al mundo consumirse en su propia avaricia y mezquindad.

Escrutx no tenía amigos ni confidentes. Vivía en lo alto de la torre sin otra compañía que Candela, una criada ciega de la que las malas lenguas insinuaban que era medio bruja y vagaba por las calles de la Ciudad Vieja tentando con dulces a niños pobres a los cuales no se volvía a ver. La única pasión conocida del abogado, amén de la doncella y sus artes secretas, era el ajedrez. Cada Navidad, por Nochebuena, el abogado Escrutx invitaba a un barcelonés a reunirse con él en su ático de la torre. Le dispensaba una cena exquisita, regada con vinos de ensueño. Al filo de la medianoche, cuando las campanadas repiqueteaban desde la catedral, Escrutx servía dos copas de absenta y retaba a su invitado a una partida de ajedrez. Si el aspirante vencía, el abogado se comprometía a cederle toda su fortuna y propiedades. Pero si perdía, el invitado debía firmar un contrato según el cual el abogado pasaba a ser el único propietario y ejecutor de su alma inmortal. Cada Nochebuena.

Candela recorría las calles de Barcelona en el carruaje negro del abogado en busca de un jugador. Mendigos o banqueros, asesinos o poetas, tanto daba. La partida se prolongaba hasta el alba del día de Navidad. Cuando el sol de sangre se recortaba al amanecer sobre los tejados nevados del barrio gótico, invariablemente, el oponente comprendía que había perdido el desafío. Salía a las frías calles con lo puesto mientras el abogado tomaba un frasco de cristal esmeralda y anotaba el nombre del perdedor sobre él para añadirlo a una vitrina que contenía decenas de idénticos frascos.

Cuentan que aquella Navidad, la última de su larga vida, el abogado Escrutx envió de nuevo a su Candela de ojos blancos y labios negros a recorrer las calles en busca de una nueva víctima. Una ventisca de nieve se cernía sobre Barcelona, sus cornisas y terrados niquelados de hielo. Bandadas de murciélagos aleteaban entre los torreones de la catedral y una luna de cobre candente se derramaba sobre los callejones. Los corceles negros que tiraban del carruaje se detuvieron en seco al pie de la calle del Obispo, sus alientos de escarcha atemorizados. La silueta emergió de entre la tiniebla, fundida al blanco de la nieve en su largo velo de novia portando un manojo de rosas rojas en la mano. Candela se sintió embriagada por su perfume y la invitó a subir al carruaje. Quiso palpar su rostro, pero solo acertó a encontrar hielo y labios húmedos de hiel. La condujo a la torre, que por entonces se alzaba sobre las ruinas de un antiguo camposanto junto a la calle Aviñón.

Cuentan que cuando el abogado Escrutx la vio, enmudeció y ordenó a Candela que se retirase. La invitada de aquella última Nochebuena se desprendió del velo y el abogado Escrutx, alma vieja y mirada cegada de amargura, creyó reconocer el rostro de su esposa perdida. Relucía de porcelana y carmín, y cuando Escrutx le preguntó su nombre se limitó a sonreír. Al rato se escucharon las campanas de medianoche y la partida dio comienzo. Dirían más tarde que el abogado estaba ya cansado, que se dejó vencer y que fue Candela, enloquecida de celos, la que prendió el fuego que habría de consumir la torre que trajo el alba de madrugada sobre los cielos púrpura de Barcelona. Unos niños que se habían reunido en torno a una hoguera en la plaza de San Jaime jurarían que poco antes de que las llamas asomasen por los ventanales de la torre vieron al abogado Escrutx salir a la balaustrada coronada de ángeles de alabastro y abrir los frascos esmeralda al viento, liberando plumas de vapor que se desvanecieron en lágrimas sobre los terrados de toda Barcelona. Serpientes de fuego se anudaron hacia la cima de la torre y se pudo ver por última vez la silueta del abogado Escrutx abrazado a una novia de fuego, saltando al vacío desde la torre, sus cuerpos deshaciéndose en cenizas que se llevaría el viento antes de estrellarse contra los adoquines. La torre cayó al alba, como un esqueleto de sombra plegándose sobre sí mismo.

Concluye la leyenda que, apenas días después de la caída de la torre, una conspiración de silencio y olvido borró para siempre el nombre del abogado Escrutx de la crónica de la ciudad. Los poetas y las gentes puras de espíritu aseguran que aún hoy, si uno alza la vista al cielo en Nochebuena, puede contemplar la silueta fantasmal de la torre en llamas sobre el cielo de medianoche y puede ver al abogado Escrutx, cegado de lágrimas y arrepentimiento, liberando el primero de los frascos esmeralda de su colección, el que portaba su nombre. Pero no faltan los que aseguran que fueron muchos los que aquella alba maldita acudieron a las ruinas de la torre para llevarse un pedazo humeante y que los cascotes del carruaje de Candela aún se oyen en las sombras de la Ciudad Vieja, siempre en tiniebla, en busca del próximo candidato.

ALICIA, AL ALBA

La casa donde la vi por última vez ya no existe. En su lugar se alza ahora uno de esos edificios que resbalan a la vista y adoquinan el cielo de sombra. Y sin embargo, aún hoy, cada vez que paso por allí recuerdo aquellos días malditos de la Navidad de 1938 en que la calle Muntaner trazaba una pendiente de tranvías y caserones palaciegos. Por entonces yo apenas levantaba trece años y unos céntimos a la semana como mozo de los recados en una tienda de empeños de la calle Elisabets. El propietario, don Odón Llofriu, ciento quince kilogramos de mezquindad y recelo, presidía sobre su bazar de quincallería quejándose hasta del aire que respiraba aquel huérfano de mierda, uno entre los miles que escupía la guerra, a quien nunca llamaba por su nombre.

—Chaval, rediós, apaga esa bombilla que no están los tiempos para dispendios. El mocho lo pasas a vela, que estimula la retina.

Así discurrían nuestros días, entre turbias noticias del frente nacional, que avanzaba hacia Barcelona, rumores de tiroteos y asesinatos en las calles del Barrio Chino y las sirenas alertando de los bombardeos aéreos. Fue uno de aquellos días de diciembre de 1938, las calles salpicadas de nieve y ceniza, cuando la vi.

Vestía de blanco y su figura parecía haberse materializado de la bruma que barría las calles. Entró en la tienda y se detuvo en el leve rectángulo de claridad que serraba la penumbra desde el escaparate. Sostenía en las manos un pliego de terciopelo negro que procedió a abrir sobre el mostrador sin mediar palabra. Una guirnalda de perlas y zafiros relució en la sombra. Don Odón se calzó la lupa y examinó la pieza. Yo seguía la escena desde el resquicio de la puerta de la trastienda.

—La pieza no está mal, pero los tiempos no están para dispendios, señorita. Le doy cincuenta duros, y pierdo dinero, pero esta noche es Nochebuena y uno no es de piedra.

La muchacha plegó de nuevo el paño de terciopelo y se encaminó hacia la salida sin pestañear.

—¡Chaval! —bramó don Odón—. Síguela.

—Ese collar cuesta por lo menos mil duros —apunté.

—Dos mil —corrigió don Odón—. Así que no vamos a dejar que se nos escape. Tú síguela hasta su casa y asegúrate de que no le dan un porrazo y la despluman. Esa volverá, como todos.

El rastro de la muchacha se fundía ya en el manto blanco cuando salí a la calle. La seguí por el laberinto de callejas y edificios desventrados por las bombas y la miseria hasta emerger en la plaza del Peso de la

Paja, donde apenas tuve tiempo de verla abordar un tranvía que ya partía calle Muntaner arriba. Corrí tras el tranvía y salté al estribo posterior.

Ascendimos así, abriendo raíles de negro sobre el lienzo de nieve que tendía la ventisca mientras empezaba a atardecer y el cielo se teñía de sangre. Al llegar al cruce con Travesera de Gracia me dolían los huesos de frío. Estaba por abandonar mi misión y urdir alguna mentira para satisfacer a don Odón cuando la vi bajar y encaminarse hacia el portón del gran caserón. Salté del tranvía y corrí a ocultarme al filo de la esquina. La muchacha se coló por la verja del jardín. Me asomé a los barrotes y la vi adentrarse en la arboleda que rodeaba la casa. Se detuvo al pie de la escalinata y se volvió. Quise echar a correr, pero el viento helado me había ya robado las ganas. La muchacha me observó con una sonrisa leve y me tendió una mano. Comprendí que me había tomado por un mendigo.

—Ven —dijo.

Anochecía ya cuando la seguí a través del caserón en tinieblas. Un tenue halo lamía los contornos. Libros caídos y cortinas raídas puntuaban un rostro de muebles quebrados, de cuadros acuchillados y manchas oscuras que se derramaban por los muros como impactos de bala. Llegamos a un gran salón que albergaba un mausoleo de viejas fotografías que apestaban a ausencia. La muchacha se arrodilló en un rincón junto a un hogar y prendió el fuego con hojas de periódico y los restos de una silla. Me acerqué a las llamas y acepté el tazón de vino tibio que me tendía. Se arrodilló a mi lado, su mirada perdida en el fuego. Me dijo que se llamaba Alicia. Tenía la piel de diecisiete años, pero le traicionaba esa mirada grave y sin fondo de los que ya no tienen edad, y cuando inquirí si aquellas fotografías eran de su familia no dijo nada.

Me pregunté cuánto tiempo llevaba viviendo allí, sola, escondida en aquel caserón con un vestido blanco que se deshacía por las costuras, malvendiendo joyas para sobrevivir. Había dejado el paño de terciopelo negro sobre la repisa del hogar. Cada vez que ella se inclinaba a atizar el fuego la mirada se me escapaba e imaginaba el collar en su interior. Horas más tarde escuchamos las campanadas de medianoche abrazados junto al fuego, en silencio, y me dije que así me habría abrazado mi madre si la recordase. Cuando las llamas empezaron a flaquear quise lanzar un libro a las brasas, pero Alicia me lo arrebató y empezó a leer en voz alta de sus páginas hasta que nos venció el sueño.

Partí poco antes del alba, desprendiéndome de sus brazos y corriendo en la oscuridad hacia la verja con el collar en mis manos y el corazón latiéndome con rabia. Pasé las primeras horas de aquel día de Navidad con dos mil duros de perlas y zafiros en el bolsillo, maldiciendo aquellas calles anegadas de nieve y de furia, maldiciendo a aquellos que me habían abandonado entre llamas, hasta que un sol mortecino ensartó una lanza de luz en las nubes y rehíce mis pasos hasta el caserón, arrastrando aquel collar que pesaba ya como una losa y que me asfixiaba, deseando tan solo encontrarla todavía dormida, dormida para siempre, para dejar de nuevo el collar sobre la repisa de las brasas y poder huir y así no tener que recordar nunca más su mirada y su voz cálida, el único tacto puro que había conocido.

La puerta estaba abierta y una luz perlada goteaba de las grietas del techo. La encontré tendida en el suelo, sosteniendo todavía el libro entre las manos, con los labios envenenados de escarcha y la mirada abierta sobre el rostro blanco de hielo, una lágrima roja detenida sobre la mejilla y el viento que soplaba desde aquel ventanal abierto de par en par enterrándola en polvo de nieve. Dejé el collar sobre su pecho y hui de vuelta a la calle, a confundirme con los muros de la ciudad y a esconderme en sus silencios, rehuyendo mi reflejo en los escaparates por temor a encontrarme con un extraño.

Poco después, acallando las campanas de Navidad, se oyeron de nuevo las sirenas y un enjambre de ángeles negros se extendió sobre el cielo escarlata de Barcelona, desplomando columnas de bombas que nunca se verían tocar el suelo.

HOMBRES DE GRIS

Nunca me decía su nombre y yo nunca había querido preguntárselo. Me esperaba, como siempre, en aquel viejo banco del Retiro varado en una fuga de tilos desnudos de invierno y de lluvia. Lentes negros sellaban el pozo de su mirada. Sonreía. Tomé asiento en el otro extremo del banco. El mensajero me tendió el sobre y lo guardé sin abrirlo.

—¿No va a contarlo?

Negué con la cabeza.

—Debería. Esta vez la tarifa es triple. Más dietas y desplazamiento.

—¿Dónde?

—Barcelona.

—Yo no trabajo Barcelona. Ya lo saben. Dénselo a Sanabria.

—Ya lo hicimos. Surgió un problema.

Extraje el sobre con el dinero y se lo tendí de nuevo.

—Yo no trabajo Barcelona. Lo saben muy bien.

—¿No va a preguntarme quién es el cliente?

Su sonrisa derramaba veneno.

—Está todo en el sobre. El billete para el tren de esta noche está a su nombre en la consigna de Atocha. El señor ministro me ha pedido que le transmita su más sincero agradecimiento personal. Él nunca olvida un favor.

El mensajero de los lentes negros se incorporó y, con una leve reverencia, se dispuso a partir bajo la lluvia. Hacía ya tres años que nos encontrábamos en aquel mismo rincón del parque, siempre al alba, y jamás habíamos cruzado una palabra más de lo estrictamente necesario. Le observé enfundarse los guantes de piel negra. Sus manos se abrían como arañas. Advirtió mi mirada atenta y se detuvo.

—¿Algún problema?

—Una simple curiosidad. ¿Qué les dice a sus amigos cuando le preguntan en qué trabaja?

Al sonreír, el semblante cadavérico se le fundía con el sudario de la gabardina.

—Limpieza. Les digo que trabajo en servicios de limpieza.

Asentí.

—¿Y usted? —preguntó—. ¿Qué les dice?

—Yo no tengo amigos.

Astillas de niebla helada reptaban por la bóveda de la estación de Atocha cuando enfilé el andén desierto aquel 9 de enero de 1942 para abordar el expreso de medianoche rumbo a Barcelona. La gratitud del señor ministro me había granjeando un pasaje de primera clase y la privacidad aterciopelada de un compartimiento para mí solo. Incluso en aquellos días turbios lo último que se perdía era la cortesía entre profesionales. El tren se deslizó arañando estelas de vapor en la tiniebla y pronto la ciudad se desvaneció en un soplo de luces tibias y tierras baldías. Solo entonces abrí el sobre y extraje las cuartillas pulcramente dobladas y mecanografiadas a espacio y medio en tinta azul. Me sorprendió comprobar que el sobre no contenía ninguna fotografía. Me pregunté si el único retrato del cliente se lo habrían dado a Sanabria. Me bastó leer un par de líneas del informe para comprender que esta vez no habría retrato.

Apagué la luz del compartimiento y me abandoné a una noche sin sueño hasta que el alba ensangrentó de escarlata el horizonte y la silueta de Montjuïc se perfiló a lo lejos. Tres años atrás me había jurado que nunca volvería a Barcelona. Había huido de mi ciudad con el alma envenenada. Un bosque de fábricas fantasmales y nieblas de azufre nos envolvió y, al poco, la ciudad nos engulló en un túnel que olía a hollín y a maldición. Abrí el maletín y procedí a llenar el cargador de mi revólver con las balas que Sanabria me había enseñado a utilizar en los años en que fui su aprendiz en las calles del Barrio Chino. Proyectiles de nueve milímetros, de puntas ahuecadas para abrirse en fauces de metal candente al impacto y taladrar heridas de salida del tamaño de un puño. Al bajar del tren y enfrentar la catedral de hierro de la estación de Francia me recibió un viento frío y húmedo. Había olvidado que la ciudad todavía apestaba a pólvora.

Partí rumbo a la Vía Layetana al amparo de una cortina de nieve en polvo que flotaba en la tiniebla acuosa del amanecer. Los tranvías abrían sendas sobre el manto blanco, y las gentes, grises y sin rostro, deambulaban bajo el aliento de farolas parpadeantes que salpicaban las calles con un tinte violáceo. Al cruzar la plaza Palacio me adentré en la retícula de callejas que rodeaban la basílica de Santa María del Mar. Buena parte de las ruinas de los bombardeos aéreos seguían intactas. Las vísceras de edificios desventrados por las bombas —comedores, dormitorios y baños desiertos a la vista—, se alzaban junto a solares apilados de cascotes que servían de refugio a estraperlistas de carbón y a rostros harapientos cuya mirada nunca se levantaba del suelo.

Al llegar al pie de la calle Platería me detuve a contemplar el esqueleto del edificio en el que me había criado. Apenas quedaba la fachada, marcada a fuego, y los muros colindantes. Se apreciaban todavía las cicatrices de las bombas incendiarias que habían taladrado los pisos para derramar un tornado de llamas por los huecos de la escalera y el tragaluz. Me aproximé al portal y recordé el nombre de la primera chica a la que había besado una noche de verano de 1913 bajo su dintel. Se llamaba Merche y vivía en el tercero primera con una madre ciega a la que jamás caí bien. Nunca se casó. Más tarde me contaron que en una de las explosiones la habían visto salir proyectada desde el balcón, desnuda y envuelta en llamas, su cuerpo ensartado en mil astillas de vidrio candente. Un paso a mi espalda me devolvió al presente. Me volví para descubrir una figura de color ceniza que me pareció una réplica del mensajero de los lentes oscuros. Apenas conseguía ya diferenciarlos a unos de otros. A todos les olía la mirada y el aliento a la misma carroña.

—Tú, cédula de identidad —masculló, triunfal.

Advertí el roce de algunas miradas y el paso acelerado de siluetas escuálidas. Observé al agente de la brigada social. Le calculé unos cuarenta y pocos, setenta kilogramos de peso y cierta carga de hombros. La bufanda negra dejaba entrever unos centímetros de garganta. Un corte rápido, con la hoja corta, le podía rebanar la tráquea y la yugular en menos de un segundo, desplomándolo sin voz y derramando la vida entre los dedos sobre el lienzo de nieve sucia a sus pies. Hombres como este tenían familia, y yo, cosas que hacer. Le brindé una sonrisa tibia y el documento sellado por el ministerio. Se le borró la arrogancia de un soplo y me lo devolvió con manos temblorosas.

—Le ruego me disculpe, señor. No sabía...

—Lárgate.

El agente asintió repetidamente y se perdió a toda prisa en la primera esquina que encontró. Las campanas de Santa María repicaban a mis espaldas cuando reemprendí el camino bajo la nieve hasta la calle Fernando para convertirme en otro hombre gris entre la marea de hombres grises que empezaban a encharcar aquella mañana de invierno. Uno de ellos, a una veintena de metros a mi espalda, venía siguiéndome de refilón desde la estación de Francia, probablemente convencido de que no había advertido su presencia. Me perdí en aquel cómodo anonimato de cenizas donde los asesinos, profesionales o meros aficionados, vestían de contables y meritorios y crucé las Ramblas en dirección al hotel Oriente. Un portero uniformado y diplomado en leer miradas me abrió la puerta con reverencia. El hotel conservaba su aire de buque hundido. El recepcionista me reconoció al instante y blandió un amago de sonrisa. El eco de un piano desafinado desgranaba desde las cristaleras entreabiertas del salón comedor.

—¿El señor desea la habitación 406?

—Si está disponible.

Firmé en el registro mientras el recepcionista hacía señas a un mozo para que tomase mi maletín y me acompañase a la habitación.

—Sé el camino, gracias.

A un golpe de mirada del recepcionista el mozo se batió en retirada.

—Si hay algo que podamos hacer para que la estancia del señor en Barcelona sea más placentera, solo tiene que mencionarlo.

—Lo habitual —repuse.

—Sí, señor. Descuide.

Me encaminaba hacia el ascensor cuando me detuve. El recepcionista seguía en su puesto, su sonrisa petrificada.

—¿Está alojado el señor Sanabria en el hotel?

Su rostro registró apenas un parpadeo, pero me fue suficiente.

—Hace un tiempo que el señor Sanabria no nos concede el placer de su visita.

La habitación 406 pendía sobre el paseo de la Rambla, aupado en un cuarto piso con vistas celestiales sobre el espectro de la ciudad desaparecida que estaba condenado a recordar de los años anteriores a la guerra. Mi sombra esperaba abajo, agazapado bajo la marquesina de un quiosco. Cerré las persianas hasta sumir la habitación en una penumbra perlada y me tendí en el lecho. Los sonidos de la ciudad reptaban tras los muros. Extraje el revólver del maletín y, con el dedo en el gatillo, crucé las manos sobre el pecho y cerré los ojos. Me sumergí en un sueño cenagoso, hostil. Horas o minutos más tarde me despertaron unos labios húmedos rozándome los párpados. El cuerpo cálido de Candela se extendía sobre el lecho, sus dedos de vapor desanudándose la ropa y su piel de azúcar blanco encendida al reluz de las farolas nocturnas.

—Cuánto tiempo —murmuró, arrebatándome el revólver de las manos y depositándolo sobre la mesita—. Si quieres, puedo quedarme toda la noche.

—Tengo que trabajar.

—Pero tendrás también un ratito para tu Candela.

Tres años de ausencia no habían borrado de mis manos el recuerdo del cuerpo de Candela. Los nuevos tiempos y la recuperación de los hoteles de categoría le sentaban bien. El pecho le olía a perfume caro y leí una nueva firmeza en sus muslos pálidos enfundados en aquellas medias de seda que se hacía traer de París. Paciente y experta, Candela se dejó hacer hasta que sacié mi sed de su piel y me hice a un lado. La oí deambular hasta el baño y hacer correr el agua. Me incorporé y eché mano del sobre con el dinero que guardaba en el maletín. Tripliqué su tarifa habitual y dejé los billetes doblados sobre la cómoda. Me tendí en el lecho y contemplé a Candela acercarse al ventanal y abrir los postigos. La nieve que caía tras los cristales dibujaba puntos de sombra sobre su piel desnuda.

—¿Qué haces?

—Me gusta mirarte.

—¿No me vas a preguntar dónde está?

—¿Acaso me lo vas a decir?

Se volvió y se sentó en el extremo del lecho.

—No sé dónde está. No le he visto. Es la verdad.

Me limité a asentir. Candela desvió la mirada hacia el dinero en la cómoda.

—Las cosas te van bien —dijo.

—No me quejo.

Empecé a vestirme.

—¿Tienes que irte ya?

No respondí.

—Aquí hay de sobra para toda la noche. Si quieres te espero.

—Tardaré, Candela.

—No tengo prisa.

Conocí a Roberto Sanabria una noche de 1917.

La ciudad se consumía en un agosto de vapor y rabia. Aquella madrugada se oyeron disparos en el barrio, como casi todas las noches. Yo había bajado al paseo del Borne a buscar agua a la fuente. Al oír los tiros corrí a esconderme en un portal de la calle Moncada. Sanabria yacía en un charco negro, un manto viscoso que se esparcía a mis pies, a la boca de aquella angosta grieta entre viejos edificios que algunos aún llaman la calle de las Moscas. Un revólver humeaba en sus manos. Me acerqué a él y me sonrió con labios que rezumaban sangre.

—Tranquilo, chico, que tengo más vidas que un gato.

Le ayudé a incorporarse y, sosteniendo su considerable peso, le acompañé hasta un portal de la calle de Baños Viejos, donde nos atendió una mujerona de aspecto fúnebre y piel escamosa. Sanabria había encajado dos balazos en el abdomen y había perdido tanta sangre que su piel tenía el color de la cera, pero no dejó de sonreírme mientras un matasanos que apestaba a moscatel le limpiaba las heridas con vinagre y alcohol.

—Te debo una, chaval —dijo antes de desvanecerse.

Sanabria sobreviviría aquella noche y a otras muchas veladas de pólvora y hierro. Eran los días en que los diarios de Barcelona destilaban crónicas clamando que se mataba por las calles. Los sindicatos de pistoleros a sueldo estaban en alza. La vida seguía valiendo tan poco como siempre, pero la muerte nunca había sido tan barata. Fue Sanabria quien, llegada la edad, me enseñó el oficio.

—A menos que quieras morir jornalero, como tu padre.

Matar era una necesidad, pero asesinar era un arte, sostenía. Sus herramientas preferidas eran el revólver y el cuchillo de hoja corta y curvada que utilizaban los matadores de toros para sellar una faena en la plaza de un golpe seco y rápido. Sanabria me enseñó que a un hombre solo se le dispara en la cara o en el pecho, a ser posible a menos de dos metros de distancia. Era un profesional de principios. No trabajaba mujeres ni ancianos. Como tantos otros, había aprendido a matar en la guerra de Marruecos. A su regreso a Barcelona empezó su carrera entre las filas de los pistoleros de la FAI, pero pronto descubrió que la patronal pagaba mejor y que el trabajo no estaba contaminado de proclamas altisonantes. Le gustaban el teatro de vodevil y las putas, aficiones que me inculcó con rigor paternal y cierto academicismo.

—Nada hay más cierto en el mundo que una buena comedia o que una buena puta. Nunca les faltes al respeto y nunca te sientas superior a ellas.

Fue Sanabria quien me presentó a una Candela de diecisiete años que traía el mundo en la piel y estaba destinada a trabajar en los buenos hoteles y los despachos de la Diputación.

—Nunca te enamores de algo que no tiene precio —aconsejó Sanabria.

En una ocasión le pregunté a cuántos hombres había matado.

—Doscientos seis —respondió—. Pero se acercan tiempos más prósperos.

Mi mentor hablaba de la guerra que ya se olía en el aire como el hedor de una alcantarilla anegada. Poco antes del verano de 1936, Sanabria me dijo que los tiempos iban a cambiar y que pronto tendríamos que dejar Barcelona, porque la ciudad se tambaleaba con una estaca clavada en el corazón.

—La muerte, que siempre sigue al oro, se muda a Madrid —sentenció—. Y nosotros con ella. Es cuestión de tiempo.

La verdadera bonanza empezó al término de la guerra. Los pasillos del poder se retorcían en nuevas telarañas y, como mi maestro había predicho, un millón de muertos apenas había empezado a saciar la sed de odio que pudría las calles. Antiguos contactos en la patronal de Barcelona nos abrieron las puertas grandes.

—Se acabó el matar a desgraciados en urinarios públicos por tres perras —anunció Sanabria—. Ahora vamos a empezar a trabajar el cliente de calidad.

Fueron casi dos años de gloria. Mentes laboriosas y dotadas de memoria prodigiosa confeccionaban interminables listas de gentes que no merecían vivir, de infelices cuyo aliento contaminaba el alma incorruptible de la nueva era. Docenas de almas temblorosas se ocultaban en pisos miserables temiendo a la luz del día sin saber que eran muertos vivientes. Sanabria me enseñó a no escuchar sus súplicas, sus lágrimas y gemidos, a reventarles la cabeza de un tiro a bocajarro entre los ojos antes de que pudiesen preguntar por qué. La muerte les esperaba en estaciones de metro, en calles oscuras y en pensiones sin agua ni luz. Profesores o poetas, soldados o sabios, todos nos reconocían con solo cruzar un vistazo. Algunos morían sin miedo, serenos, con la mirada clara y fija en la de su asesino. No recuerdo sus nombres, ni lo que hicieron en vida para granjearse la muerte a mis manos, pero recuerdo sus miradas. Pronto perdí la cuenta, o quise perderla. Sanabria, que empezaba a sentir el peso de los años y las cicatrices para mantenerse en el oficio, me cedió los encargos más lucidos.

—Los huesos ya se quejan. A partir de ahora me limitaré a clientes de poca monta. Hay que saber cuándo parar.

Solía encontrarme con el mensajero de los lentes negros en el mismo banco del parque del Retiro una vez a la semana. Siempre habría un sobre y un nuevo cliente. El dinero se apilaba en una cuenta bancaria de una oficina de la calle O'Donell. Lo único que Sanabria no me había enseñado era qué hacer con aquellos billetes, alisados con el perfume y el apresto, recién estrenados de la casa de la moneda.

—¿Se acabarán alguna vez?— le pregunté en una ocasión.

Fue la única vez que el mensajero se quitó las gafas. Tenía los ojos grises como el alma, muertos y vacíos.

—Siempre hay alguien más que no se adapta al progreso.

Seguía nevando cuando salí a las Ramblas. Era apenas un polvo de hielo que no llegaba a cuajar y se agitaba en la brisa en motas de luz que prendían al aliento. Me encaminé hacia la calle Nueva, reducida ahora a un túnel de oscuridad flanqueado por las carcasas olvidadas de decrépitas salas de baile y fantasmales escenarios de music hall que apenas unos años antes habían hecho de ella una avenida de luz y ruido hasta el alba. Las aceras olían a orines y a carbón. Me adentré en la calle Lancaster y descendí hasta el número 13. Un par de viejas farolas suspendidas de la fachada apenas conseguían arañar la tiniebla, pero bastaban para dejar entrever el cartel clavado sobre el portón de madera requemada que sellaba la entrada.

EL TEATRO DE LAS SOMBRAS
Regresa a Barcelona tras su triunfal
gira mundial para presentar su nuevo y grandioso
espectáculo de marionetas y autómatas,
con la exclusiva y enigmática revelación
de la estrella del music hall de París Madame Isabelle
y su turbadora «Danza del Ángel de Medianoche».
Pases todas las noches, 12 h.

Golpeé con el puño dos veces, esperé y repetí la llamada. Transcurrió cerca de un minuto hasta que escuché pasos al otro lado del portón. La lámina de roble cedió unos centímetros para desvelar el rostro de una mujer de cabellos plateados y pupilas negras que parecían desbordarle la córnea. Luz dorada, líquida, se derramaba desde el interior.

—Bienvenido al Teatro de las Sombras —anunció.

—Busco al señor Sanabria —dije—. Creo que me espera.

—Su amigo no está aquí, pero si quiere pasar, la función está a punto de empezar.

Seguí a la dama a través de un estrecho corredor que conducía a una escalera que descendía hacia el sótano del edificio. Una docena de mesas desiertas sembraban la platea. Las paredes vestían terciopelo negro y agujas de luz taladraban la atmósfera vaporosa desde las candilejas. Apenas un par de parroquianos languidecían en el umbral de la penumbra que rodeaba la platea. Una barra de bebidas tramada de espejos ahumados y un foso para el pianista enterrado en luz de cobre completaban el panorama. El telón escarlata, caído, estaba bordado con la figura de una marioneta arlequinada. Tomé asiento en una de las mesas de la platea frente al escenario. Sanabria adoraba los espectáculos de marionetas. Solía decir que eran los que más le recordaban a la gente de a pie.

—Más que las putas.

El barman me sirvió lo que supuse era una copa

de brandi y partió en silencio. Encendí un cigarrillo y esperé a que las luces se desvaneciesen. Cuando la penumbra se hizo sólida, los pliegues del telón escarlata se deslizaron lentamente. La figura de un ángel exterminador, suspendida de hilos plateados, descendía a escena batiendo alas negras entre soplos de vapor azul.

Cuando había abierto el sobre con el dinero y la información en el tren rumbo a Barcelona y había empezado a leer las páginas mecanografiadas había sabido que esta vez no habría fotografía del cliente. No hacía falta. La noche que Sanabria y yo habíamos abandonado Barcelona, mi maestro, con sus manos conteniendo la hemorragia que me salpicaba el pecho, me había mirado a los ojos fijamente y me había sonreído.

—Te debía una, y te la devuelvo. Ahora estamos en paz. Algún día alguien vendrá por mí. No se hace carrera en este negocio sin que uno acabe sentado en la silla del cliente. Es la ley. Pero cuando llegue mi hora, que no está lejos, me gustaría que fueses tú.

El informe del ministerio, como era habitual, clamaba entre líneas. Sanabria había regresado a Barcelona tres meses atrás. Su ruptura con la red venía de antes, cuando había dejado varios contratos por ejecutar alegando que él era un hombre de principios en una era que carecía de ellos. El primer error del ministerio fue intentar eliminarle. El segundo, fatal, hacerlo mal. Del primer matarife que enviaron tras él solo regresó, por correo certificado, la mano derecha. A un hombre como Sanabria se le puede asesinar, pero nunca se le insulta. A los pocos días de su llegada a Barcelona los operativos de la red del ministerio empezaron a caer uno a uno. Sanabria trabajaba de noche y había vuelto a refrescar su trazo con la hoja corta. En dos semanas había diezmado la estructura básica de la social en Barcelona ciudad. En tres semanas empezó a cosechar sus trofeos entre sectores más floridos —y visibles— del régimen. Antes de que cundiese el pánico, Madrid decidió enviar a uno de sus hombres fuertes para negociar con Sanabria. El hombre del ministerio descansaba ahora en una lápida de mármol en la morgue del Distrito Quinto con una nueva sonrisa abierta a cuchillo sobre la garganta idéntica a la que había sellado la vida del teniente general Manuel Jiménez Salgado, estrella rutilante del Gobierno militar y firme candidato a una fulgurante carrera en los ministerios de la capital. Fue entonces cuando me llamaron a mí. El informe describía la situación como «una crisis de fondo». Sanabria, en terminología ministerial, había decidido actuar por libre y se había sumergido en el inframundo de Barcelona para ejecutar una suerte de venganza personal contra destacados miembros de la judicatura militar del régimen. La trama, continuaba el informe, debía ser «cortada de raíz, a cualquier precio».

—Te esperaba antes —murmuró la voz de mi mentor desde la penumbra. Incluso a sus años el viejo asesino era capaz de deslizarse en la sombra con la pericia felina de sus mejores tiempos. Me sonrió.

—Tienes buen aspecto —dije.

Sanabria se encogió de hombros e hizo una seña hacia el escenario, donde un sarcófago de madera lacada se abría en flor para descubrir a la estrella del espectáculo de autómatas, madame Isabelle y su «Danza del Ángel de Medianoche». Los movimientos de la muñeca, de escala y expresión humanas, eran hipnóticos. Isabelle, sostenida de hilos de luz, danzaba sobre el escenario atrapando las notas del pianista al vuelo.

—Vengo aquí todas las noches a verla —murmuró Sanabria.

—No van a dejar que esto siga así, Roberto. Si no soy yo, serán otros.

—Ya lo sé. Me alegra que seas tú.

Contemplamos la danza del autómata durante unos segundos, refugiados en la extraña belleza de sus movimientos.

—¿Quién mueve los hilos? —pregunté.

Sanabria se limitó a sonreírme.

Dejamos el Teatro de las Sombras poco antes del alba. Nos encaminamos Ramblas abajo hacia la dársena del puerto, un cementerio de mástiles en la niebla. Sanabria quería ver el mar por última vez, aunque solo fuese aquellas aguas negras de aliento fétido que lamían los escalones del muelle. Cuando una brizna de ámbar sesgó la línea del cielo, Sanabria asintió finalmente y nos dirigimos hacia la habitación que tenía alquilada en un *meublé* de tercera fila en el Portal de Santa Madrona. Sanabria nunca se sentía más seguro que entre sus putas. La estancia era apenas una cámara húmeda y oscura, sin ventanas, que ondulaba bajo una bombilla desnuda. Un colchón pelado estaba apilado contra la pared y un par de botellas y vasos sucios completaban el mobiliario.

—Algún día vendrán por ti también —dijo Sanabria.

Nos miramos en silencio y, sin más ya que decirnos, le abracé. Olía a hombre viejo y a fatiga.

—Despídeme de Candela.

Cerré la puerta de su estancia y me alejé por aquel pasillo angosto, de paredes que sudaban moho y ruina. Unos segundos más tarde el estruendo del disparo recorrió el corredor. Oí el cadáver caer al suelo y me perdí escaleras abajo. Una de las putas viejas me observaba desde una puerta entreabierta en el rellano del piso inferior con los ojos bañados en lágrimas.

Vagué un par de horas sin rumbo por las calles malditas de la ciudad antes de volver al hotel. Al cruzar el vestíbulo el recepcionista apenas levantó la vista del registro. Ascendí en la cápsula del ascensor hasta la última planta y enfilé el corredor desierto que finalizaba en la puerta de mi habitación. Me pregunté si Candela me creería si le decía que había dejado ir a Sanabria, que en estos momentos nuestro viejo amigo navegaba a bordo de un crucero rumbo a un destino seguro. Tal vez, como siempre, una mentira fuera lo que más se pareciese a la verdad. Abrí la puerta de la habitación sin encender la luz. Candela yacía aún dormida sobre las sábanas, el primer soplo del alba prendido en su cuerpo desnudo. Me senté al borde del lecho y deslicé las yemas de mis dedos por su espalda. Estaba fría como la escarcha. Solo entonces advertí que lo que había tomado por la sombra de su cuerpo era un clavel de sangre esparciéndose sobre la cama. Me volví lentamente para descubrir el cañón del revólver en el umbral de la penumbra apuntándome a la cara. Los lentes negros del mensajero brillaban en su rostro perlado de sudor. Sonreía.

—El señor ministro le agradece encarecidamente su inestimable colaboración.

—Pero no confía en mi silencio.

—Son tiempos difíciles. La patria nos exige grandes sacrificios, amigo mío.

Cubrí el cuerpo de Candela con la sábana prendida de su sangre.

—Nunca me dijo usted su nombre —dije, dándole la espalda.

—Jorge —respondió el mensajero.

Me volví de una sacudida; la hoja de la puntilla, apenas una gota de luz entre mis dedos. El corte le abrió el vientre a la altura de la boca del estómago. El primer disparo de su revólver me atravesó la mano izquierda. El segundo se estrelló contra el capitel de uno de los postes del lecho y lo pulverizó en una cascada de astillas humeantes. Para entonces la hoja del cuchillo que tanto admiraba Sanabria le había abierto la garganta al mensajero, que yacía en el suelo asfixiándose en su propia sangre mientras sus manos enguantadas trataban desesperadamente de mantener su cabeza unida al tronco. Extraje el revólver y se lo inserté en la boca.

—Yo no tengo amigos.

Tomé el tren de regreso a Madrid aquella misma noche. Aún me sangraba la mano; el dolor, una astilla de fuego clavada en la memoria. Por lo demás, cualquiera me hubiese tomado por otro hombre gris entre la legión de hombres grises suspendidos de hilos invisibles que flotaban sobre el decorado de un presente robado. Recluido en mi compartimiento, con el revólver en la mano y la mirada perdida en la ventana, contemplé aquella interminable noche negra que se abría como un abismo sobre la tierra ensangrentada de todo el país. La rabia de Sanabria sería la mía, y la piel de Candela, mi luz. La herida que me taladraba la mano nunca dejaría de sangrar. Al vislumbrar la planicie infinita de Madrid despuntar al alba sonreí para mis adentros. En apenas unos minutos mis pasos se perderían en el laberinto de la ciudad, insondables. Como siempre mi mentor me había mostrado el camino, incluso en la ausencia. Sabía que tal vez los periódicos no hablarían de mí, que los libros de historia tratarían de enterrar mi nombre entre proclamas y quimeras. Poco importaba. Cada vez los hombres de gris seríamos más. Pronto estaríamos sentados junto a usted, en un café o en el autobús, leyendo un diario o una revista. La larga noche de la historia no había hecho más que comenzar.

LA MUJER DE VAPOR

Nunca se lo confesé a nadie, pero conseguí el piso de puro milagro. Laura, que tenía besar de tango, trabajaba de secretaria para el administrador de fincas del primero segunda. La conocí una noche de julio en que el cielo ardía de vapor y desesperación. Yo dormía a la intemperie, en un banco de la plaza, cuando me despertó el roce de unos labios. «¿Necesitas un sitio para quedarte?» Laura me condujo hasta el portal. El edificio era uno de esos mausoleos verticales que embrujan la ciudad vieja, un laberinto de gárgolas y remiendos sobre cuyo atrio se leía *1866*. La seguí escaleras arriba, casi a tientas. A nuestro paso, el edificio crujía como los barcos viejos. Laura no me preguntó por nóminas ni referencias. Mejor, porque en la cárcel no te dan ni unas ni otras. El ático era del tamaño de mi celda, una estancia suspendida en la tundra de tejados. «Me lo quedo», dije. A decir verdad, después de tres años en prisión, había perdido el sentido del olfato, y lo de las voces que transpiraban por los muros no era novedad. Laura subía casi todas las noches. Su piel fría y su aliento de niebla eran lo único que no quemaba de aquel verano infernal. Al amanecer, Laura se perdía escaleras abajo, en silencio. Durante el día yo aprovechaba para dormitar. Los vecinos de la escalera tenían esa amabilidad mansa que confiere la miseria. Conté seis familias, todas con niños y viejos que olían a hollín y a tierra removida. Mi favorito era don Florián, que vivía justo debajo y pintaba muñecas por encargo. Pasé semanas sin salir del edificio. Las arañas trazaban arabescos en mi puerta. Doña Luisa, la del tercero, siempre me subía algo de comer. Don Florián me prestaba revistas viejas y me retaba a partidas de dominó. Los críos de la escalera me invitaban a jugar al escondite. Por primera vez en mi vida me sentía bienvenido, casi querido. A medianoche, Laura traía sus diecinueve años envueltos en seda blanca y se dejaba hacer como si fuera la última vez. La amaba hasta el alba, saciándome en su cuerpo de cuanto la vida me había robado. Luego yo soñaba en blanco y negro, como los perros y los malditos. Incluso a los despojos de la vida como yo se les concede un asomo de felicidad en este mundo. Aquel verano fue el mío. Cuando llegaron los del ayuntamiento a finales de agosto los tomé por policías. El ingeniero de derribos me dijo que él no tenía nada contra los *okupas*, pero que, sintiéndolo mucho, iban a dinamitar el edificio. «Debe de haber un error», dije. Todos los capítulos de mi vida empiezan con esa frase. Corrí escaleras abajo hasta el despacho del administrador de fincas para buscar a Laura. Cuanto había era una percha y medio palmo de polvo. Subí a casa de don Florián. Cincuenta muñecas sin ojos se pudrían en las tinieblas. Recorrí el edificio en busca de algún vecino. Pasillos de silencio se apilaban debajo de escombros. «Esta finca está clausurada desde 1939, joven —me informó el ingeniero—. La bomba que mató a los ocupantes dañó la estructura sin remedio.» Tuvimos unas palabras. Creo que lo empujé escaleras abajo. Esta vez, el juez se despachó a gusto. Los antiguos compañeros me habían guardado la litera: «Total, siempre vuelves». Hernán, el de la biblioteca, me encontró el recorte con la noticia del bombardeo. En la foto, los cuerpos están alineados en cajas de pino, desfigurados por la metralla pero reconocibles. Un sudario de sangre se esparce sobre los adoquines. Laura viste de blanco, las manos sobre el pecho abierto. Han pasado ya dos años, pero en la cárcel se vive o se muere de recuerdos. Los guardias de la prisión se creen muy listos, pero ella sabe burlar los controles. A medianoche, sus labios me despiertan. Me trae recuerdos de don Florián y los demás. «Me querrás siempre, ¿verdad?», pregunta mi Laura. Y yo le digo que sí.

GAUDÍ EN MANHATTAN

Años más tarde, al contemplar el cortejo fúnebre de mi maestro desfilar por el paseo de Gracia, recordé el año en que conocí a Gaudí y mi destino cambió para siempre. Aquel otoño, yo había llegado a Barcelona para ingresar en la escuela de arquitectura. Mis sueños de conquistar la ciudad de los arquitectos dependían de una beca que apenas cubría el coste de la matrícula y el alquiler de un cuarto en una pensión de la calle del Carmen. A diferencia de mis compañeros de estudios con trazas de señorito, mis galas se reducían a un traje negro heredado de mi padre que me venía cinco tallas más ancho y dos más corto de la cuenta. En marzo de 1908, mi tutor, don Jaume Moscardó, me convocó a su despacho para evaluar mi progreso y, sospeché, mi infausta apariencia.

—Parece usted un pordiosero, Miranda —sentenció—. El hábito no hace al monje, pero al arquitecto ya es otro cantar. Si anda corto de emolumentos, quizá yo pueda ayudarle. Se comenta entre los catedráticos que es usted un joven despierto. Dígame, ¿qué sabe de Gaudí?

«Gaudí.» La sola mención de aquel nombre me producía escalofríos. Había crecido soñando con sus bóvedas imposibles, sus arrecifes neogóticos y su primitivismo futurista. Gaudí era la razón por la que deseaba convertirme en arquitecto, y mi mayor aspiración, amén de no perecer de inanición durante aquel curso, era llegar a absorber una milésima de la matemática diabólica con la que el arquitecto de Reus, mi moderno Prometeo, sostenía el trazo de sus creaciones.

—Soy el mayor de sus admiradores —atiné a contestar.

—Ya me lo temía.

Detecté en su tono aquel deje de condescendencia con el que, ya por entonces, solía hablarse de Gaudí. Por todas partes sonaban campanas de difuntos para lo que algunos llamaban modernismo, y otros, simplemente, afrenta al buen gusto. La nueva guardia urdía una doctrina de brevedades, insinuando que aquellas fachadas barrocas y delirantes que con los años acabarían por conformar el rostro de la ciudad debían ser crucificadas públicamente. La reputación de Gaudí empezaba a ser la de un loco huraño y célibe, un iluminado que despreciaba el dinero (el más imperdonable de sus crímenes) y cuya única obsesión era la construcción de una catedral fantasmagórica en cuya cripta pasaba la mayor parte de su tiempo ataviado como un mendigo, tramando planos que desafiaban la geometría y convencido de que su único cliente era el Altísimo.

—Gaudí está ido —prosiguió Moscardó—. Ahora pretende colocar una Virgen del tamaño del Coloso de Rodas encima de la casa Milá, en pleno paseo de Gracia. *Té collons.* Pero, loco o no, y esto que quede entre nosotros, no ha habido ni volverá a haber un arquitecto como él.

—Eso mismo opino yo —aventuré.

—Entonces ya sabe usted que no vale la pena que intente convertirse en su sucesor.

El augusto catedrático debió de leer la desazón en mi mirada.

—Pero a lo mejor puede usted convertirse en su ayudante. Uno de los Llimona me comentó que Gaudí necesita alguien que hable inglés, no me pregunte para qué. Lo que necesita es un intérprete de castellano, porque el muy cabestro se niega a hablar otra cosa que no sea catalán, especialmente cuando le presentan a ministros, infantas y principitos. Yo me ofrecí a buscar un candidato. *Du llu ispic inglich,* Miranda?

Tragué saliva y conjuré a Maquiavelo, santo patrón de las decisiones rápidas.

—*A litel.*

—Pues *congratuleixons,* y que Dios le pille a usted confesado.

Aquella misma tarde, rondando el ocaso, emprendí la caminata rumbo a la Sagrada Familia, en cuya cripta Gaudí tenía su estudio. En aquellos años, el Ensanche se desmenuzaba a la altura del paseo de San Juan. Más allá se desplegaba un espejismo de campos, fábricas y edificios sueltos que se alzaban como centinelas solitarios en la retícula de una Barcelona prometida. Al poco, las agujas del ábside del templo se perfilaron en el crepúsculo, puñales contra un cielo escarlata. Un guarda me esperaba a la puerta de las obras con una lámpara de gas. Lo seguí a través de pórticos y arcos hasta la escalinata que descendía al taller de Gaudí. Me adentré en la cripta con el corazón latiéndome en las sienes. Un jardín de criaturas fabulosas se mecía en la sombra. En el centro del estudio, cuatro esqueletos pendían de la bóveda en un macabro ballet de estudios anatómicos. Bajo esa tramoya espectral encontré a un hombrecillo de cabello cano con los ojos más azules que he visto en mi vida y la mirada de quien ve lo que los demás solo pueden soñar. Dejó el cuaderno en el que esbozaba algo y me sonrió. Tenía sonrisa de niño, de magia y misterios.

—Moscardó le habrá dicho que estoy como un *llum* y que nunca hablo español. Hablarlo lo hablo, aunque solo para llevar la contraria. Lo que no hablo es inglés, y el sábado me embarco para Nueva York. *Vostè sí que el parla l'anglès, oi, jove?*

Aquella noche me sentí el hombre más afortunado del universo compartiendo con Gaudí conversación y la mitad de su cena: un puñado de nueces y hojas de lechuga con aceite de oliva.

—¿Sabe usted lo que es un rascacielos?

A falta de experiencia personal en la materia, desempolvé las nociones que en la facultad nos habían impartido acerca de la Escuela de Chicago, los armazones de aluminio y el invento del momento, el ascensor Otis.

—Bobadas —atajó Gaudí—. Un rascacielos no es más que una catedral para gente que, en vez de creer en Dios, cree en el dinero.

Supe así que Gaudí había recibido una oferta de un magnate para construir un rascacielos en plena isla de Manhattan y que mi función era actuar como intérprete en la entrevista que debería tener lugar al cabo de unas semanas en el Waldorf-Astoria entre Gaudí y el enigmático potentado. Pasé los tres días siguientes encerrado en mi pensión repasando gramáticas de inglés como un poseso. El viernes, al alba, tomamos el tren hasta Calais, donde debíamos cruzar el canal hasta Southampton para embarcar en el *Lusitania*. Tan pronto abordamos el crucero, Gaudí se retiró al camarote envenenado de nostalgia de su tierra. No salió hasta el atardecer del día siguiente, cuando lo encontré sentado en la proa contemplando el sol desangrarse en un horizonte prendido de zafiro y cobre. «*Això sí que és arquitectura, feta de vapor i de llum. Si vol aprendre, ha d'estudiar la natura.*» La travesía se convirtió para mí en un curso acelerado y deslumbrante. Todas las tardes recorríamos la cubierta y hablábamos de planos y ensueños, incluso de la vida. A falta de otra compañía, y quizá intuyendo la adoración religiosa que me inspiraba, Gaudí me brindó su amistad y me mostró los bosquejos que había hecho de su rascacielos, una aguja wagneriana que, de hacerse realidad, podía convertirse en el objeto más prodigioso jamás construido por la mano del hombre. Las ideas de Gaudí cortaban la respiración, y aun así no pude dejar de advertir que no había calor ni interés en su voz al comentar el proyecto. La noche anterior a nuestra llegada me atreví a hacerle la pregunta que me carcomía desde que habíamos zarpado: ¿por qué deseaba embarcarse en un proyecto que podía llevarle meses, o años, lejos de su tierra y sobre todo de la obra que se había convertido en el propósito de su vida? *«De vegades, per fer l'obra de Déu cal la mà del dimoni.»* Me confesó entonces que si se avenía a erigir aquella torre babilónica en el corazón de Manhattan, su cliente se comprometería a costear la terminación de la Sagrada Familia. Aún recuerdo sus palabras: «*Déu no té pressa, però jo no viuré per sempre...*».

Llegamos a Nueva York al atardecer. Una niebla malévola reptaba entre las torres de Manhattan, la metrópoli perdida en fuga bajo un cielo púrpura de tormenta y azufre. Un carruaje negro nos esperaba en los muelles de Chelsea y nos condujo luego por cañones tenebrosos hacia el centro de la isla. Espirales de vapor brotaban entre los adoquines y un enjambre de tranvías, carruajes y estruendosos mecanoides recorrían furiosamente aquella ciudad de colmenas infernales apiladas sobre mansiones de leyenda. Gaudí observaba el espectáculo con mirada sombría. Sables de luz sanguinolenta acuchillaban la ciudad desde las nubes cuando enfilamos la Quinta Avenida y vislumbramos la silueta del Waldorf-Astoria, un mausoleo de mansardas y torreones sobre cuyas cenizas se alzaría veinte años más tarde el Empire State Building. El director del hotel acudió a darnos la bienvenida personalmente y nos informó de que el magnate nos recibiría al anochecer. Yo iba traduciendo al vuelo; Gaudí se limitaba a asentir. Fuimos conducidos hasta una lujosa habitación en la sexta planta desde la que se podía contemplar toda la ciudad sumergiéndose en el crepúsculo.

Le di al mozo una buena propina y averigüé así que nuestro cliente vivía en una suite situada en el último piso y nunca salía del hotel. Cuando le pregunté qué clase de persona era y qué aspecto tenía, me respondió que él no le había visto jamás, y partió a toda prisa. Llegada la hora de nuestra cita, Gaudí se incorporó y me dirigió una mirada angustiada. Un ascensorista ataviado de escarlata nos esperaba al final del corredor. Mientras ascendíamos, observé que Gaudí palidecía, apenas capaz de sostener la carpeta con sus bocetos.

Llegamos a un vestíbulo de mármol frente al que se abría una larga galería. El ascensorista cerró las puertas a nuestras espaldas y la luz de la cabina se perdió en las profundidades. Fue entonces cuando advertí la llama de una vela que avanzaba hacia nosotros por el corredor. La sostenía una figura esbelta enfundada en blanco. Una larga cabellera negra enmarcaba el rostro más pálido que recuerdo, y sobre él, dos ojos azules que se clavaban en el alma. Dos ojos idénticos a los de Gaudí.

—*Welcome to New York.*

Nuestro cliente era una mujer. Una mujer joven, de una belleza turbadora, casi dolorosa de contemplar. Un cronista victoriano la habría descrito como un ángel, pero yo no vi nada angelical en su presencia. Sus movimientos eran felinos; su sonrisa, reptil. La dama nos condujo hasta una sala de penumbras y velos que prendían con el resplandor de la tormenta. Tomamos asiento. Uno a uno, Gaudí fue mostrando sus bosquejos mientras yo traducía sus explicaciones. Una hora, o una eternidad, más tarde, la dama me clavó la mirada y, relamiéndose de carmín, me insinuó que en ese momento debía dejarla a solas con Gaudí. Miré al maestro de reojo. Gaudí asintió, impenetrable.

Combatiendo mis instintos, le obedecí y me alejé hacia el corredor, donde la cabina del ascensor ya abría sus puertas. Me detuve un instante para mirar atrás y contemplé cómo la dama se inclinaba sobre Gaudí y, tomando su rostro entre las manos con infinita ternura, le besaba en los labios. Justo entonces, el aliento de un relámpago prendió en la sombra, y por un instante me pareció que no había una dama junto a Gaudí, sino una figura oscura y cadavérica, con un gran perro negro tendido a sus pies. Lo último que vi antes de que el ascensor cerrase sus puertas fueron las lágrimas sobre el rostro de Gaudí, ardientes como perlas envenenadas. Al regresar a la habitación, me tendí en el lecho con la mente asfixiada de náusea y sucumbí a un sueño ciego.

Cuando las primeras luces me rozaron el rostro, corrí hasta la cámara de Gaudí. El lecho estaba intacto y no había señales del maestro. Bajé a recepción a preguntar si alguien sabía algo de él. Un portero me dijo que una hora antes le había visto salir y perderse Quinta Avenida arriba, donde un tranvía había estado a punto de arrollarle. Sin poder explicar muy bien por qué, supe exactamente dónde le encontraría. Recorrí diez bloques hasta la catedral de St. Patrick, desierta a aquella hora temprana.

Desde el umbral de la nave vislumbré la silueta del maestro arrodillado frente al altar. Me aproximé y me senté a su lado. Me pareció que su rostro había envejecido veinte años en una noche, adoptando aquel aire ausente que le acompañaría hasta el final de sus días. Le pregunté quién era aquella mujer. Gaudí me miró, perplejo. Comprendí entonces que solo yo había visto a la dama de blanco y, aunque no me atreví a suponer qué fue lo que había visto Gaudí, tuve la certeza de que su mirada había sido la misma. Aquella misma tarde embarcamos de regreso. Contemplábamos Nueva York desvanecerse en el horizonte cuando Gaudí extrajo la carpeta con sus bocetos y la lanzó por la borda. Horrorizado, le pregunté qué pasaría entonces con los fondos necesarios para terminar las obras de la Sagrada Familia. *«Déu no té pressa i jo no puc pagar el preu que se'm demana.»*

Mil veces le pregunté durante la travesía qué precio era ese y cuál era la identidad del cliente que habíamos visitado. Mil veces me sonrió, cansado, negando en silencio. Al llegar a Barcelona, mi empleo de intérprete ya no tenía razón de ser, pero Gaudí me invitó a visitarlo siempre que lo deseara. Volví a la rutina de la facultad, donde Moscardó esperaba ansioso por sonsacarme.

—Fuimos a Mánchester a ver una fábrica de remaches, pero volvimos a los tres días porque Gaudí dice que los ingleses solo comen buey cocido y le tienen ojeriza a la Virgen.

—*Té collons.*

Tiempo después, en una de mis visitas al templo, descubrí en uno de los frontones un rostro idéntico al de la dama de blanco. Su figura, entrelazada en un remolino de serpientes, insinuaba un ángel de alas afiladas, luminoso y cruel. Gaudí y yo nunca volvimos a hablar de lo sucedido en Nueva York. Aquel viaje siempre sería nuestro secreto. Con los años me convertí en un arquitecto aceptable y, merced a la recomendación de mi maestro, obtuve un puesto en el taller de Hector Guimard en París. Fue allí donde, veinte años después de aquella noche en Manhattan, recibí la noticia de la muerte de Gaudí. Tomé el primer tren para Barcelona, justo a tiempo de ver pasar el cortejo fúnebre que lo acompañaba hasta su sepultura en la misma cripta donde nos habíamos conocido. Aquel día envié mi renuncia a Guimard. Al atardecer rehíce el camino hasta la Sagrada Familia que había recorrido para mi primer encuentro con Gaudí. La ciudad abrazaba ya el recinto de las obras y la silueta del templo escalaba un cielo sangrado de estrellas. Cerré los ojos y, por un momento, pude verlo terminado tal y como solo Gaudí lo había visto en su imaginación. Supe entonces que dedicaría mi vida a continuar la obra de mi maestro, consciente de que, tarde o temprano, habría de entregar las riendas a otros, y ellos, a su vez, harían lo propio. Porque, aunque Dios no tiene prisa, Gaudí, dondequiera que esté, sigue esperando.

APOCALIPSIS EN DOS MINUTOS

El día que se acabó el mundo me pilló en el cruce de la Quinta con la Cincuenta y siete, mirando el móvil. Una pelirroja de ojos plateados se volvió hacia mí y me dijo:

—¿Te has dado cuenta de que cuanto más inteligentes son los móviles, más tonta se vuelve la gente?

Parecía una de las esposas de Drácula después de arrasar en una tienda de artículos góticos.

¿La puedo ayudar, señorita?

Dijo que el mundo estaba tocando a su fin. Los Servicios Jurídicos Celestiales habían emitido una orden de retirada por mal funcionamiento; ella era un ángel caído enviado desde el subsuelo para procurar que las pobres almas como la mía marcharan de forma ordenada hasta el décimo círculo del infierno.

—Pensaba que ahí abajo solo había nueve círculos —rebatí.

—Tuvimos que añadir otro para todos los que han vivido su vida como si fueran a vivir para siempre.

Nunca me había tomado en serio mi medicación, pero con solo echar un vistazo a esos ojos argentados supe que decía la verdad. Notando mi desazón, anunció que, como no había trabajado en el sector financiero, me concedía tres deseos antes de que el *big bang* rebobinara y el universo implosionara para volver a formar un garbanzo.

—Elige sabiamente.

Me lo pensé un poco.

—Quiero conocer el sentido de la vida, quiero saber dónde encontrar el mejor helado de chocolate del mundo y me quiero enamorar —declaré.

—La respuesta a tus dos primeros deseos es la misma.

Y en cuanto al tercero, me dio un beso que sabía a toda la verdad del mundo y que me hizo querer ser un hombre decente. Fuimos a dar un paseo de despedida por el parque y luego tomamos un ascensor para subir hasta lo más alto del venerable hotel de capiteles góticos que había al otro lado de la calle, desde donde vimos partir el mundo a lo grande.

—Te quiero —dije.

—Ya lo sé.

Nos quedamos allí cogidos de la mano, viendo cómo un alud apabullante de nubarrones carmesíes encapotaba los cielos, y lloré, sintiéndome feliz al fin.

BIBLIOGRAFÍA

—

Las narraciones «Blanca y el adiós», «Sin nombre» y «Una señorita de Barcelona» se publican por primera vez.

«Rosa de fuego» se publicó en *Magazine* en 2012.

«El Príncipe de Parnaso» se publicó en edición no venal en Planeta en 2012.

«Leyenda de Navidad» se publicó en *La Vanguardia* en 2004 y en 2020.

«Gaudí en Manhattan» se publicó en *La Vanguardia* en 2002 y en 2020. Formó parte de la obra titulada *La Mujer de Vapor*, publicada por Planeta en edición no venal, en 2005, junto a «La mujer de vapor».

«Alicia, al Alba» se publicó en edición no venal en Planeta en 2008, junto a «Hombres de gris».

«La mujer de vapor» dio título a la obra *La Mujer de Vapor*, publicada por Planeta en edición no venal, en 2005, junto a «Gaudí en Manhattan».

«Apocalipsis en dos minutos» se pudo leer en inglés en *The Cultivating thought author series*, de Chipotle, dirigida por Jonathan Safran Foer. Traducida del inglés por Alex Guardia Berdiell.

Libros de Vanguardia publicó en 2008 *Barcelona Gothic* para «Cuentos en el tren» de Renfe-Ave, que incluía «La mujer de vapor», «Gaudí en Manhattan», «Leyenda de Navidad» y «Alicia, al alba», con prólogo de Sergio Vila-Sanjuán.

«*La Sombra del Viento* anuncia un fenómeno de la literatura popular española.»

La Vanguardia

«Una de esas raras novelas que combinan una trama brillante con una escritura sublime.»

Sunday Times

«Una obra maestra popular, un clásico contemporáneo.»

Daily Telegraph

«El mejor libro del año. Irresistible. Es erudito y accesible a todo el mundo, se inscribe en la gran tradición de novelas de aprendizaje en las que los secretos y maleficios se suceden como muñecas rusas.»

Le Figaro

«García Márquez, Umberto Eco y Jorge Luis Borges se funden en un mágico y desbordante espectáculo, de inquietante perspicacia y definitivamente maravilloso.»

The New York Times

«*La Sombra del Viento* es maravillosa. Una construcción argumental magistral y meticulosa, con un extraordinario dominio del lenguaje... Una carta de amor a la literatura, dirigida a lectores tan apasionados por la narrativa como su joven protagonista.»

Entertainment Weekly

«Si alguien pensaba que la auténtica novela gótica había muerto en el XIX, este libro le hará cambiar de idea. Una novela llena de esplendor y de trampas secretas donde hasta las subtramas tienen subtramas. En manos de Zafón, cada escena parece salida de uno de los primeros films de Orson Welles. Hay que ser un romántico de verdad para llegar a apreciar todo su valor, pero si uno lo es, entonces es una lectura deslumbrante.»

STEPHEN KING

«Las páginas de Ruiz Zafón ensimisman durante dos días a cuantos deciden leerlas. El talento narrativo de este hombre arrasa.»

El Mundo

«Una vez más he hallado un libro que prueba cuán maravilloso es sumergirse en una novela rica y larga... Esta novela lo tiene todo: seducción, riesgo, venganza y un misterio que el autor teje de forma magistral. Zafón aventaja incluso al extraordinario Charles Dickens.»

The Philadelphia Enquirer

«Pura magia, no hay otra forma de describir esta novela. Historia y escritura, trama y carácter, perso najes y perfiles, todo adecuadamente. Nunca puedes abandonar sus quinientas páginas cautivadoras, llenas de suspense. Su escritura es especial como el aroma de un perfume que se va esparciendo, seductor y sensual. Y este aroma dura mucho tiempo.»

Hamburger Abendblatt

«Tremendamente bueno... su historia está redondeada de un modo impresionante. Humor, terror, política y romance están muy bien dosificados... y el efecto de conjunto es del todo satisfactorio. Zafón, ex guionista, es particularmente bueno en el contraste y el ritmo: las cuatrocientas páginas del libro pasan con increíble rapidez.»

Sunday Telegraph

«Todo en *La Sombra del Viento* es extraordinariamente sofisticado. El estilo deslumbra, mientras la trama se trenza y se desenreda con una gracia sutil... La novela de Zafón es atmosférica, seductora y de lectura recomendable.»

The Observer

«Todos los que disfruten con novelas terroríficas, eróticas, conmovedoras, trágicas y de suspense, deberían apresurarse a la librería más cercana y apoderarse de un ejemplar de *La Sombra del Viento.* De verdad, deberían hacerlo.»

The Washington Post

«Una obra ambiciosa, capaz de conjugar los más variados estilos (desde la comedia de costumbres hasta el apunte histórico, pasando por el mismo misterio central) sin perder por ello un ápice de su poder de fascinación.»

Qué Leer

«Absorbente, imaginativa y sólidamente construida. El placer de recuperar con la lectura al eterno adolescente que todos llevamos dentro.»

El Periódico

«*La Sombra del Viento* cuenta con todo lo que necesita una gran historia: amor, traición, muerte, odio y amistad. No es extraño que se haya convertido en el libro del año.»

Berlin Literature Critique

«Carlos Ruiz Zafón es un gran contador de historias.»

MARGARET ATWOOD

«Anuncio con gran placer que *El Juego del Ángel* es una novela magnífica, de factura bellísima, y mejor escrita aún que la precedente. Es más rotunda, determinada y trepidante que el extraordinario debut narrativo de su autor. Me he divertido muchísimo y he quedado preso de una inquietud agradabilísima durante todo el tiempo de la lectura. Proclamo a Zafón, el Dickens de Barcelona, el escritor actual más dotado para el arte narrativo.»

Corriere della Sera

«Zafón se inscribe por méritos propios en la tradición de los novelistas del siglo XIX que, con Dickens como máximo representante, supieron llegar al gran público a la vez que crearon obras de vigencia perenne. Basándose en el modelo de la literatura de terror decimonónica, *El Juego del Ángel*, más allá de la tensión dramática de su relato, constituye un comentario iluminador sobre toda una tendencia literaria.»

Frankfurter Allgemeine Sonntagszeitung

«Carlos Ruiz Zafón ha reinventado lo que significa ser un gran escritor. Su habilidad visionaria para narrar historias ya es un género en sí misma.»

USA Today

«Así como el creador del *Don Quijote* fijó su atención en la novela de caballerías, Ruiz Zafón juega con los géneros populares del presente. El resultado es un texto que atrapa al lector, ya que el enigma de una página es resuelto en la siguiente (que a su vez plantea un nuevo enigma, etc.).»

Deutschlandradio Kultur

«Su iniciativa es audaz, seria e impactante; su manejo de la atormentada historia española del siglo XX, tan notable como su destreza literaria. Nada de esto es patrimonio exclusivo de una ciudad sino del mundo entero.»

The Times

«Y de nuevo su lenguaje es tan rico como bello, de modo que es muy difícil sustraerse a su hechizo.»

Die Welt

«Zafón retoma algunos de sus paisajes urbanos predilectos de la antigua Barcelona. Esta novela, sin embargo, complemento e incluso antagonista de su predecesora, destaca por méritos propios. Si la anterior celebraba el éxtasis de la lectura, esta explora las agonías del escritor.»

The Independent

«Zafón nos tienta como nadie con el ritmo implacable de su narrativa, repleta de distracciones mágicas y fantásticas.»

The Guardian

«La afición del autor por Dickens, manifiesta en toda la obra, atrapa a cualquiera que crea en el poder de transformación de los libros. *El Juego del Ángel* bebe de las convenciones de Wilkie Collins, Dickens y sus coetáneos para tejer con ellas algo enteramente original y portentosamente conmovedor que sostiene hasta el final las expectativas del lector.»

The Observer

«Zafón es un maestro de la evocación. Su fe en el poder de la ficción resulta entrañable y contagiosa.»

Financial Times

«El lector familiarizado con *La Sombra del Viento* se encontrará de nuevo en El Cementerio de Los Libros Olvidados, que recuerda a Eco, donde los volúmenes de una laberíntica biblioteca empiezan a seleccionar a sus lectores. Extraordinario y trepidante entretenimiento gótico.»

Spectator

«Quienes se vieron atrapados por *La Sombra del Viento,* no podrán resistirse a *El Juego del Ángel.* La segunda entrega de Zafón, ambientada también en Barcelona, aunque esta vez en los años veinte, nos devuelve al misterioso mundo gótico del Cementerio de los Libros Olvidados, donde David Martín, un joven escritor, hace un trato imposible: a cambio de su vida y una fortuna, escribirá un libro que cambie vidas. Sencillamente admirable y digno de una noche en vela para acabarlo.»

The Bookseller

«Esta especie de precuela gótica de *La Sombra del Viento,* oscuro laberinto que, por obra de un diseño magistral, sigue siendo apasionante y desconcertante, encantará por igual a los admiradores de Zafón y a sus nuevos lectores.»

Publishers Weekly

«No todo es lo que parece en la segunda novela de Carlos Ruiz Zafón, y a eso debe la mitad de su encanto. Aunque se presenta como precuela de *La Sombra del Viento, El Juego del Ángel,* exaltación del gozo de narrar y del solaz de la literatura, puede leerse como obra independiente.»

Sunday Telegraph

«Otra deliciosa intriga de misterio sobrenatural por el exitoso autor de *La Sombra del Viento.* La sensibilidad de Ruiz Zafón tiene que ver con una mezcla de Edgar Allan Poe y Jorge Luis Borges, con el misterio intelectual de Pérez Reverte y con algo de Stephen King.»

Kirkus Review

«Un suspense asombroso, una atmósfera a lo Bram Stoker, una erudición a lo Borges, un relato trufado de subtramas: Ruiz Zafón excele en todos los registros.»

Lire

«Zafón es un narrador magistral, *El Laberinto de los Espíritus* combina lo posmoderno con lo tradicional en un himno cautivador a la literatura... Magnífico, un deslumbrante relato de drama, intriga y pasión.»

Mail on Sunday

«Emocionante y cautivador. *El Laberinto de los Espíritus* es una novela para perderse en ella, despierta la experiencia de lectura que recordamos de la infancia: completamente absortos en un mundo imaginario.»

Irish Times

«¿Se imaginan una combinación de Cervantes, Borges y Lewis Carroll? *El Laberinto de los Espíritus* es ante todo un flamante homenaje a la literatura. Que concluye con un vertiginoso relato dentro del relato. Y allá andamos perdidos. Por suerte para nosotros.»

L'Express

«Carlos Ruiz Zafón sigue siendo un maestro absoluto del misterio, el suspense y el entrelazamiento. Un temible narrador que se muestra más agudo que nunca en un *Laberinto de los Espíritus* donde nos hace pasar las páginas febrilmente.»

Lire

TAMBIÉN DE

Carlos Ruiz Zafón

EL JUEGO DEL ÁNGEL

En la turbulenta Barcelona de los años 20, un joven escritor obsesionado con un amor imposible recibe la oferta de un misterioso editor para escribir un libro como no ha existido jamás, a cambio de una fortuna y, tal vez, mucho más. Con un estilo deslumbrante e impecable el autor de *La Sombra del Viento* nos transporta de nuevo a la Barcelona del Cementerio de los Libros Olvidados para ofrecernos una gran aventura llena de intriga, romance y tragedia, a través de un laberinto de traición y secretos donde el embrujo de los libros, la pasión y la amistad se conjugan en un relato magistral.

Ficción

LA SOMBRA DEL VIENTO

Una mañana de 1945, un muchacho es conducido por su padre a un misterioso lugar oculto en el corazón de la ciudad vieja: el Cementerio de los Libros Olvidados. Allí encuentra *La Sombra del Viento*, un libro maldito que cambiará el rumbo de su vida y lo arrastrará a un laberinto de intrigas y secretos enterrados en el alma oscura de la ciudad. Ambientada en la enigmática Barcelona de principios del siglo XX, este misterio literario mezcla técnicas de relato de intriga, de novela histórica y de comedia de costumbres, pero es, sobre todo, una tragedia histórica de amor cuyo eco se proyecta a través del tiempo. Con gran fuerza narrativa, el autor entrelaza tramas y enigmas a modo de muñecas rusas en un inolvidable relato sobre los secretos del corazón y el embrujo de los libros, manteniendo el suspenso hasta la última página.

Ficción

EL PRISIONERO DEL CIELO

Barcelona, 1957. Daniel Sempere y su amigo Fermín, los héroes de *La Sombra del Viento*, regresan de nuevo a la aventura para afrontar el mayor desafío de sus vidas. Justo cuando todo empezaba a sonreírles, un inquietante personaje visita la librería de Sempere y amenaza con desvelar un terrible secreto que lleva enterrado más de dos décadas en la oscura memoria de la ciudad. Al conocer la verdad, Daniel comprenderá que su destino lo arrastra irremediablemente a enfrentarse con la mayor de las sombras: la que crece en su interior. Rebosante de intriga y emoción, *El Prisionero del Cielo* es una novela magistral donde los hilos de *La Sombra del Viento* y *El Juego del Ángel* convergen a través del embrujo de la literatura y el enigma que se oculta en el corazón del Cementerio de los Libros Olvidados.

Ficción

EL LABERINTO DE LOS ESPÍRITUS

El Laberinto de los Espíritus es un relato electrizante de pasiones, intrigas y aventuras. A través de sus páginas llegaremos al gran final de la saga iniciada con *La Sombra del Viento*, que alcanza aquí toda su intensidad y calado, a la vez que dibuja un gran homenaje al mundo de los libros, al arte de narrar historias y al vínculo mágico entre la literatura y la vida. En la Barcelona de finales de los años 50, Daniel Sempere ya no es aquel niño que descubrió un libro que habría de cambiarle la vida entre los pasadizos del Cementerio de los Libros Olvidados. El misterio de la muerte de su madre Isabella ha abierto un abismo en su alma del que su esposa Bea y su fiel amigo Fermín intentan salvarle. Justo cuando Daniel cree que está a un paso de resolver el enigma, una conjura mucho más profunda y oscura de lo que pudo haber imaginado despliega su red desde las entrañas del Régimen. Es entonces cuando aparece Alicia Gris, un alma nacida de las sombras de la guerra, para conducirlos al corazón de las tinieblas y desvelar la historia secreta de la familia… aunque a un terrible precio.

Ficción

ROSA DE FUEGO

(Disponible solo en formato digital)

Situado en la época de la Inquisición española en el siglo XV, "Rosa de Fuego" cuenta la historia de los orígenes de la misteriosa biblioteca, el Cementerio de los Libros Olvidados, que se encuentra en el corazón de las novelas de Carlos Ruiz Zafón.

Cuento corto

MARINA

Cuando Óscar desaparece de repente, nadie sabe de él por siete días y siete noches. En la Barcelona de 1980 Óscar Drai sueña despierto, deslumbrado por los palacetes modernistas cercanos al internado en el que estudia. En una de sus escapadas conoce a Marina, una chica delicada de salud. Ella lo lleva a un cementerio donde juntos son testigos de un macabro ritual que sucede el último domingo de cada mes sin falta. A las diez de la mañana una mujer vestida de negro desciende de su carrosa y le pone una sola rosa a un panteón sin nombre. Cuando deciden seguirla, juntos comparten la aventura de adentrarse en un enigma doloroso del pasado de la ciudad. Un misterioso personaje de la posguerra se propuso el mayor desafío imaginable, pero su ambición lo arrastró por sendas siniestras cuyas consecuencias debe pagar alguien todavía hoy.

Ficción